Les chiens de faïence

Thomas Louis

Les chiens de faïence

Éditions
de La Martinière

ISBN : 978-2-7324-9887-4

« Tous les hommes recherchent d'être heureux. [...] C'est le motif de toutes les actions de tous les hommes, jusqu'à ceux qui vont se pendre. »

Blaise Pascal, *Pensées*

« Le pays premier peut être une prison, il peut être un royaume suffisant, une source vive, un trésor. »

Marie-Hélène Lafon, *Traversée*

« La mort n'est pas contagieuse. »

Ianthe Brautigan

À M.

Prologue

Ça commence par un décès. Ça commence par un décès, et il fallait le tenir pour ce qu'il était : un suicide.

La semaine d'avant, ils avaient retrouvé le père Dugast mort, il s'était fait sauter le caisson à coups de médicaments. Une facétie de sa part, lui qui avait toujours dit qu'il n'avait pas peur de vieillir. Une facétie, oui, en forme de chaos.

Déployant tous les aspects de la réalité, les Dugast mourraient un par un, les uns à la suite des autres, suivant l'implacable logique de l'âge. Une sorte de maladie. Uniquement par le suicide. C'était comme si, méthodiquement, chaque membre de la famille devait partir par ses propres moyens. Comme si la seule question valable en ce bas monde était celle-ci, grandiose et ridicule : comment mourir ? C'est de ça qu'il s'agissait, et c'est de ça qu'il s'agit. Une spécialité familiale. Du genre à se concocter en douce sa petite fin. À être né pour affadir son noyau. C'était ça, la vraie spécialité.

Des hauteurs du village, descendait un petit air lancinant de malédiction de la mort, le royaume des Dugast. De guerre lasse, on essayait de deviner quel dispositif le prochain allait privilégier. Ici, il n'était pas si rare que l'on veuille en finir sans franchir le pas. Des histoires froides à pleurer. Ici, peut-être plus qu'ailleurs, la vie n'était pas choisie. Pas appréciée non plus. Dures, souvent, les petites joies étaient étriquées entre les contraintes et les fausses croyances. Mais les Dugast, dans leur tenue de fièvre, franchissaient tous le pas.

Tout le monde avait misé sur la pendaison du père pour sa simplicité d'organisation. Et pourtant, il était mort à coup de somnifères. Vouloir mourir en dormant est une bonne idée, on ne pouvait pas lui enlever. Dans son hamac, il avait ingurgité plusieurs plaquettes avec du Fernet-Branca, car il adorait ça. On disait même que c'était un remède contre les maux de tête. Alors pas de quoi se priver. Quel incendie, il avait eu une belle vie.

Et rebelote la découverte, et rebelote la curiosité, et rebelote les démarches funéraires. Il y avait peut-être moins bon père, moins bon mari que lui, mais ce jour-là, personne ne maîtrisait la tradition familiale aussi bien que le défunt. Seulement, tradition ou non, personne ne meurt à la chaîne dans la même famille et de la même manière.

Dans l'âpreté du village, et depuis quelques morts déjà, la rumeur de la malédiction gonflait. Si cette hypothèse ronceuse semblait fondée, au sein de la famille Dugast, personne ne semblait la croire. Il fallait tout de même constater que chacun y allait de son petit suicide. Malgré tout, et quand même.

Ils étaient un noyau, oui. Envers et contre tout, à chaque mort, la famille faisait le pont entre le décès et le monde qui l'entourait. Que vont penser les autres ? La surface sociale dans laquelle ils évoluaient attendait ce genre de nouvelles comme du pain bénit. « Je t'ai pas dit ? – Quoi ? – Michel Dugast est décédé. Pas plus tard qu'hier. – Comment il a fait son coup ? – Il a pris des somnifères, comme dans les films. Comme quoi, ça marche en vrai. » Les gens étaient des bêtes dont le train-train baignait dans une sauce glacée. C'est ce que s'était dit le fils Dugast en allant chercher du pain au bourg, le lendemain du décès.

Tout ce que faisaient les autres l'intéressait assez peu, en tout cas assez moins. En nappe instable, les Dugast passaient leur existence ensemble. Au mieux, ils les collaient scrupuleusement. Mais le fils ne comprenait rien à lui-même. À l'épineuse élucidation de soi. Il ne savait pas se distinguer.

Dans sa vie, il n'avait cessé de vouloir partir, et son père avait réussi à le faire avant lui. Pourtant c'était un bonimenteur, le genre de type dont on dit qu'il n'a que de la gueule. Incapable de mettre de l'ordre quelque part. Le fils avait toujours cru qu'il ne transigeait sur rien, pas même sur l'état de sa famille. L'important, c'était de faire semblant, et que les gens y croient. Oui, c'était ça, son père se donnait un genre. Un genre à ne pas y toucher, à être plus que moins, et à respecter tout sauf la discrétion des gens chic. Il voulait montrer, se donner l'image d'un type sympa, bien sous tous rapports, marié, à l'aise dans ses comptes. Depuis toujours, le fils Dugast regardait ce dispositif avec une distance princière et, disons-le, un certain dédain. Il ne parvenait pas à créer la membrane qui séparait la vie domestique de la vie en société. Pour lui, tout était troué, tout cela s'écrivait depuis toujours dans la langue de l'entre-deux.

Première partie

Au commencement

Deux ans, peut-être trois, plus tôt.

Les Dugast avaient toujours habité ensemble, enrobés dans le collectif de ce village quelconque. Ils logeaient dans une partie retirée, un hameau sans nom – une allée, pourrait-on dire –, composé d'une poignée de maisons uniquement occupées par la famille. Une bulle immobilière ni charmante ni fondamentalement laide, où le bitume sentait le sou rouillé et la forêt. Une bulle bordée de vignes et de forêts, où il n'était pas rare que les parents disent aux enfants de faire attention aux chasseurs, de peur qu'ils les prennent pour des chevreuils. Mise en garde qui paraissait toujours disproportionnée au fils Dugast, comme une manière de s'adresser au monde. L'intérieur des maisons se composait principalement de moquette grise, de plinthes abîmées et de traces de nourriture indélébiles sur le lino des cuisines. Le village était le genre d'endroit où l'on croisait individuellement Untel et Unetelle, où l'on pouvait parler sur le même mode sans réfléchir, et où tout le monde se retrouvait à toute heure autour du comptoir en étain. Chacun vivotait, seulet, dans ce biotope flegmatique. Rien n'était mené à la baguette, mais tout coulait. Chacun, en somme, faisait ressortir la solitude des autres de la plus belle des façons.

La famille Dugast n'échappait pas à la règle. Elle brassait beaucoup d'air pour mieux mettre les autres en valeur. Et s'il y avait bien un mot qui qualifiait les Dugast, c'était « assez ». Assez ceci, assez cela. Rien n'était manichéen, rien n'était « franchement ». Une inquiétante tiédeur planait au-dessus d'eux, car c'était le seul moyen de n'être pas remarqué. Seulement, au village, jamais on ne pouvait se rendre à la boucherie incognito. Jamais on se reconnaissait à peine, jamais on n'hésitait à se demander comment ça allait. Jamais de bonjour cordial, de signe de tête, non, toujours, impitoyablement, on discutait. On taillait la bavette. On était obligé, sous peine de réputation. Sous peine d'être regardé là où on n'avait jamais été regardé. Et ça, le fils Dugast s'y sentait pleinement étranger.

Non, personne ne semblait vivre dans le désordre. La famille Dugast avait toujours vécu confinée, chaque maison étant séparée de quelques dizaines de mètres des autres. De quoi laisser passer une tache de soleil, rien de plus. D'un côté, les grands-parents paternels, de l'autre, les grands-parents maternels et, au milieu, les parents ; l'exclusivité du sang noyautait l'endroit. Dans ce gros maillon familial, régnait une tranquillité à faire pleurer les pierres, cautérisante et sans fracas. Et pourtant, pour les Dugast, de nouvelles zones de vie s'étaient dépliées.

On pouvait dire que les morts et les vivants avaient commencé à se mélanger il y a deux ans, peut-être trois, un jour que le fils sortait du cinéma de la grande commune voisine. Il aimait plus que tout ce moment d'après la séance, seul devant l'océan parfait de la ville ; quand le vent lui fouettait le visage, que l'air devenait accueillant. Que ses yeux piquaient de lumière. Il pouvait réfléchir à ce qu'il venait de voir sans être interrompu par d'autres pensées. Jusqu'à la fin, le retour à la maison, les conversations au détour.

Mais cette fois-ci, en rentrant chez lui, le silence, bordé de stupeur.

Dans le salon, il trouva sa mère, ridée, sanglotant. Elle était en pleine séance de scrapbooking, un loisir qui rapidement était devenue une passion à laquelle se raccrocher, les jours de la semaine et ailleurs. Elle avait de la colle séchée au bout du doigt, les matrices de découpes jonchaient la toile cirée, et des traces de larmes étaient venues se figer sur ses créations. Le fils, par habitude, peut-être par réflexe, fit mine de ne rien voir. Chez les Dugast, on ne s'enquérait pas du chagrin des autres, on attendait qu'il passe pour mieux l'encagouler. Avec l'air le plus naturel qu'il put prendre, il jeta son regard de part et d'autre du salon, sous l'œil hagard de sa mère. Il cherchait sa sœur.

– Elle est pas là, Emma ? demanda-t-il. Elle est où ? Le film que j'ai vu était trop bien, elle va être super jalouse de pas être venue.

La voix éteinte, sa mère lui répondit :

– Je lui ai dit d'aller dans sa chambre. C'est... C'est à cause de Pépé. Je te dirai plus tard. Va dans ta chambre, Christophe, c'est pas un moment pour les jeunes, là. On te tient au courant.

– Pépé ? Comment ça ? Il est où ?

– Il est chez lui. Mais il est mort.

Christophe resta immobile, une pluie de roches venait de s'abattre sur lui. Quel jour, quelle atrocité de jour.

– Allez, va, reste pas planté comme un piquet, on verra tout à l'heure.

Les mots avaient probablement ripé dans la pensée de sa mère, mais il y avait fort à parier qu'un tel drame appelle des nouvelles.

Christophe se réfugia, tremblant, dans sa chambre sans rien dire de plus. Abasourdi, il ne savait même pas quoi penser. S'il avait su, il se serait fait violence ; il aurait demandé plus de détails à sa mère. *Bien fait pour moi*, se dit-il. *Mais pourquoi isoler tout le monde ?* Il fallait toujours que la famille gâche tout. Toujours qu'un mur les sépare, même en pleine tempête.

À travers les parois de sa chambre, il entendait sa sœur sangloter à l'autre bout du couloir. Il se mit à regarder par la fenêtre la vue, toujours la même, sur l'allée de gravillons et sur le petit portail. Sa sœur pleurait, sa mère pleurait et lui, Christophe Dugast, avait du mal à prendre la mesure de l'ampleur des dégâts. Il perçut au loin la voix de sa mère, la gorge sèche et pleine de vide. Elle devait être au téléphone. Mais au téléphone avec qui ? À qui téléphone-t-on lorsque son père meurt ? Elle n'avait pas de frère, pas de sœur, l'équilibre vacillant de l'enfant unique. Christophe entrebâilla la porte de sa chambre et se pencha en avant pour écouter :

– Il faut nous venir en aide, je vous en supplie. Je suis perdue, je... je comprends rien... J'ai entendu ma mère crier depuis chez elle, alors Michel s'est empressé d'aller voir. Il venait de rentrer des vignes, il allait partir à la douche, et... enfin... je l'ai entendu crier aussi. J'ai accouru derrière lui. C'était affreux, la scène d'horreur. Mon père, pendu dans la grange ! Incompréhensible. Pardon, je vous ennuie mais là, il faut nous aider.

Un bref silence. La mère ravala ses larmes.

– Il faut m'aider à comprendre, reprit-elle. Qu'est-ce que ça veut dire, s'il vous plaît ? Pourquoi moi ? Qu'est-ce qu'il faut faire ?

Christophe comprit très rapidement que sa mère n'était pas au téléphone. Il n'y avait aucune raison d'annoncer la nouvelle à quelqu'un.

Hormis au Seigneur.

En bonne Dugast, elle ne laissait aucune place au chagrin, elle désamorçait le moment en se dédouanant. Comme d'habitude lorsque quelque chose n'allait pas, elle se cachait pour prier. Le geste apparut à Christophe hautement symbolique, mais le sens fondait entre ses doigts.

Il regagna sa position près de la fenêtre. Dehors la pluie d'été, l'odeur terreuse du buis, la sensation métallique de la mort. Puis, dans la chaleur de la fin de journée, son père surgit, marchant d'un pas rapide dans l'allée de gravillons jusqu'à la porte d'entrée. Les traits tendus, comme si on lui avait lancé de la terre séchée au visage. Un vent parfumé parcourut la maison. Christophe plaqua sa joue contre le mur de sa chambre et tenta d'écouter la parole oraculaire venue du salon. Son père essayait à sa façon de jouer le mari modèle et protecteur. Devant sa femme, il ne paraissait pas atteint alors qu'il venait sans doute de faire la découverte la plus macabre de toute sa vie. Christophe se demanda comment, au fond de lui, son père n'avait pas envie de gerber et de s'enfuir à quatre pattes en beuglant qu'il avait vu la mort en face. Mais si Christophe croyait ce qu'on lui avait appris, dans quelques jours, tout serait rentré dans l'ordre. Chez les Dugast, tout allait bien, tout le monde était conditionné à l'équilibre et à la discrétion. Et on avançait masqué.

Depuis sa chambre, il entendit à nouveau Emma, tambourinant comme une forcenée contre sa porte, au bout du couloir. Il s'agaça du bruit de son bracelet tintinnabulant joyeusement au rythme de ses coups. Dans le salon, ses parents continuaient de discuter et s'il ne parvenait pas à tout entendre, Christophe comprit que l'heure était vraiment grave.

– Alors ? dit la mère.

– Ils l'ont décroché de la poutre dans la grange et ils l'ont embarqué.

– Et qu'est-ce qu'on fait maintenant ?

– Bah, les flics vont faire leur enquête. C'est pas de notre ressort. Mais ta mère, ça va vraiment pas. Je l'ai assise sur le fauteuil, elle arrive même plus à en bouger. C'est l'horreur. Tu es sûre que tu veux pas aller la voir ?

– Oui, je suis sûre. Laisse-moi encaisser.

– Tu veux faire quoi ?

– Comment ça, *tu* veux faire quoi ? Qu'est-ce que j'en sais moi, ce que je veux faire ? Y a quelques heures à peine, mon père était tout content d'avoir fait ses semis. Et là, on le retrouve pendu dans la grange… Pardon de pas savoir quoi faire, hein ! Ça n'a aucun sens.

– Ça va aller.

– Mais non, ça va pas aller ! Oh et puis l'autre qui arrête pas de cogner dans sa porte ! Arrête ! Arrête, oui ! C'est pas bientôt fini ?!

Christophe s'assit sur son lit. Il assistait, peiné, à ce qu'il n'aurait jamais pensé pensable : le chaos intime de tout le foyer.

Il avait envie de sortir de sa chambre, d'aller embrasser sa mère, mais elle n'y consentirait pas. Depuis son plus jeune âge, l'autorité parentale des Dugast balayait le reste. Même la mort. Tout coulait si bien, tout était si bien installé. Qu'est-ce qui avait bien pu pousser son grand-père à mettre fin à ses jours ? Dans l'esprit de Christophe, il n'y avait rien d'autre que la force d'un corps pendant au-dessus du sol. Une imposante carcasse suspendue entre quatre murs de crépi râpeux. Puis, l'évidence s'imposa à lui : son grand-père, il ne le connaissait pas. Il ne savait rien de lui. Dans sa famille, chacun des membres taisaient tout jusqu'à eux-mêmes, entre eux-mêmes. Et c'était peut-être là le point de départ : comment penser la mort sans éléments pour la comprendre ? Christophe n'avait que des souvenirs communs dont il parvenait à peine à retranscrire les sensations. Le plus souvent, des scènes banales où, dans le silence, chacun vaquait à ses occupations. Rares étaient les moments de joie, d'activités véritables, de partage. Vaguement, il se souvenait d'un pique-nique au bord du lac, à quelques kilomètres de la maison. Le décor idéal pour les bons souvenirs. Oui, mais un pique-nique, et celui-ci en particulier, était une foutaise pour son grand-père. Lui qui aimait tant son rond de serviette, son bout de viande semellé, ses petites habitudes devant la télévision. La sortie avait pris la couleur de l'aigreur et des râleries et était devenue, à la fin, un mauvais souvenir, ravivé par l'odeur du pâté en boîte et du pain blanc. Son grand-père avait-il succombé au poids de ses habitudes ?

Le soir venu, Christophe ne fut autorisé à sortir de sa chambre qu'au moment du dîner. Sa sœur le suivit de loin. Et autour de la table, cette violente impression que les gens qui l'entouraient lui étaient étrangers. Que la scène qu'il était en train de vivre n'existait que dans la manière dont il avait l'habitude de la vivre. Un coup de poing net, comme une porte claquée. Sa mère ne parvenait pas à manger et son père s'efforçait de rendre ce moment brut aussi doux que possible.

– La journée a été rude. Un bon gros dodo et demain, on repart du bon pied, hein ?

On n'apprend pas à être doucereux en quelques heures. Sans un mot, Christophe prit son assiette, la déposa dans le lave-vaisselle et s'achemina vers sa chambre. Ce soir, il ne se brosserait pas les dents. Personne ne se comprenait et il ne comprenait plus rien.

La nuit qui suivit avait remué, éparpillé les draps. Au petit matin, Christophe Dugast se repassa le film de la veille, le calvaire idoine de toute famille normalement constituée. Une famille liée, ça, oui. Quatre grands-parents, deux parents, deux enfants, comme un cocon bien ouaté sur le dessus. Ils ne s'aimaient pas particulièrement, pas généreusement, ils n'étaient pas fusionnels. Il arrivait même que, malgré la proximité géographique, malgré les cent mètres qui les avaient si longtemps séparés, certains ne se voient pas pendant quelques jours. Il arrivait aussi qu'ils s'insultent, mités par le trop-plein de proximités. Christophe ne s'en offusquait pas et, au fond, il n'avait jamais trouvé ça étrange. Qui ne s'insulte pas au sein d'une même famille ? Pourtant, à bien y réfléchir, il y avait cette chape de plomb qui planait au-dessus des traditions, des rites domestiques. Chaque dimanche devait se passer de la même manière, juste après la messe – un rendez-vous qu'il détestait pour l'ennui au long cours qu'il distribuait. Il fallait se rapporter les Tupperwares vides, prendre le temps de dire où l'on allait si on vous avait repéré, prévenir lorsqu'on se rendait dans la grande ville, au cas où quelqu'un ait besoin de quelque chose. Une dépendance matérielle, rationnelle, scolaire, mais peu, très peu, affective qui poussait parfois Christophe à rêver d'ailleurs. Mais vivre loin lui paraissait quelque chose d'incompréhensible. Comme si la vie, devait se faire ensemble, sinon ça n'est pas la vie, c'est autre chose. C'est la vie d'un autre, recouverte de sable.

La mort et ses conséquences se déroulèrent comme une mort et des conséquences classiques. Cimetière, messe, procédures, souvenirs. Selon les premiers éléments de l'enquête, et selon toute vraisemblance, la police avait conclu à un suicide. Une mort délibérée, franche, maîtrisée. Le grand-père ne changeait rien aux sillons familiaux déjà tracés. Tout était à sa place.

Quelques jours après le drame, Christophe surprit une conversation entre ses parents. Une conversation banale, où le ton ressemblait étrangement à celui de l'énumération d'une liste de courses. Mais du haut de sa presque majorité, il comprit assez vite qu'il s'agissait d'une liste de biens. Que ce dont il était question dans la pièce d'à côté, c'était du testament de son grand-père. En un claquement de doigts, il se colla à la porte de sa chambre, seul accès aux discussions des adultes, et écouta. Le programme pouvait commencer.

Le testament de son grand-père était chiche. L'avait-il mis à jour en prévision de cette mort soudaine ? Avait-il prévu son coup ? Aucune question ne semblait avoir de réponse. Sur le papier, l'aïeul désignait succinctement ses pauvres biens, qu'il avait manifestement attribués sans véritable logique. De ce qu'il entendit, personne ne se retrouvait avec sa chose préférée, rien d'espéré n'arrivait, et la grand-mère jouissait de son statut d'épouse, récoltant les deux tiers du panier. De son côté, Christophe héritait, impuissant, d'une vieille montre gousset Cartier. Il la trouvait hideuse, mais il la conserverait par politesse vis-à-vis des autres. Il pourrait la revendre plus tard, à la petite boutique d'antiquités du village voisin.

Christophe s'était plutôt imaginé décorer sa chambre du vieux meuble de métier que son grand-père entreposait dans le cellier. Il ne faisait que prendre la poussière et s'abîmer, et seuls deux ou trois tiroirs étaient remplis de babioles en tous genres. Il prenait pourtant régulièrement bien soin de signaler : « J'aime bien ce meuble » ou « Il est beau ce gros bahut. Tu ne mets rien dedans ? ». Et il avait eu la montre Cartier. Rien de grave, rien d'affolant, mais les morts étaient les pires rapiats.

Après le suicide, personne chez les Dugast n'avait vraiment évoqué le sujet. L'heure n'était ni à la miellerie ni à l'expansion. Chacun faisait comme si la vie devait reprendre son cours. Et c'était le cas. Les dimanches continuaient à se dérouler de la même manière, selon les mêmes rites, ne manquait qu'une seule chaise au moment du repas pour se rendre compte du contraire. Chacun y allait de son silence, chaque mémoire se taisait. Christophe avait cette sensation étrange qu'il fallait rôtir chacun des souvenirs. Et tous se regardaient, lorsqu'ils se regardaient, comme de vieux chiens de faïence. Les silences rassurants, ils ne connaissaient pas. Le père Dugast gratifiait à chaque fois ses enfants de remarques bien senties, du genre : « C'est la vie, rien de plus normal que d'aller au ciel un jour, il aura bien vécu, tu sais. » Une sorte de tissage huilé sur lequel chaque phrase venait se déposer pour flouter la conscience collective autour de la table. Les adultes devaient penser que Christophe et Emma étaient dupes, et ils se sentaient bien ainsi. Oui, tout allait bien et tout était en règle.

Ce dimanche, alors que l'heure était à la sieste post-déjeuner, Christophe traversa l'allée et alla frapper à la porte de sa grand-mère. Depuis la mort de son grand-père, il n'avait pas eu l'occasion de se retrouver seul avec elle. Elle mit du temps à ouvrir sa porte et, dès qu'elle l'aperçut, une sorte de pellicule de vie se mit à briller sur son visage. Avant qu'elle ne se mette soudainement à pleurer. On disait toujours au fils Dugast qu'il ressemblait à s'y méprendre à son Pépé jeune. Mais qu'est-ce qu'il y pouvait ? Sa grand-mère l'invita finalement à entrer, et Christophe pénétra dans la maison. Il se posta, interdit, dans le salon. Il ne savait quoi faire, quoi dire. Il pensa, dans un mépris claquant, que la tristesse s'accompagnait bien souvent d'une grande indifférence. Prendre sa grand-mère dans ses bras aurait été un affront.

À quelques mètres de lui, elle s'assit sans lui proposer quoi que ce soit. Il l'observa en silence, abattue, non, effondrée sur son fauteuil. Et il se décida :

– Comment ça va Mémé Lu ?

– Comme une vieille mamie qui a perdu son mari.

Elle avait le regard dans le vide. Christophe demeurait figé.

– Mais c'est dans l'ordre des choses, reprit-elle. Ce qui me fait le plus suer dans tout ça, c'est les vides qu'il a laissés. Avant qu'il parte, on venait de retirer le canapé du salon pour ne garder que les deux causeuses, tu te souviens ? Ton père était venu nous aider. On reçoit jamais personne, on n'arrivait pas à s'y asseoir, on s'enfonçait dedans, et ça faisait de la place. Alors c'était décidé. On s'était dit : « Chacun le sien, chacun son fauteuil. » Aujourd'hui, ça me fait tout remonter de voir sa place vide.

La grand-mère se remit à pleurer. La parlure de son corps ne disait rien d'autre que cet état de sécheresse qu'elle n'aurait jamais pensé connaître. En bruit de fond, le brouhaha de la télévision et, sur la table basse, posé sur le *Version Femina* de la semaine, un livre.

– Et puis ça, dit la grand-mère dans un hoquet, tu vois, c'est pareil, son Christian Signol qu'il avait toujours pas rendu à la bibliothèque. Deux semaines de retard. Je vais quand même pas le garder ! Et puis, pour qui je vais passer ? Qu'est-ce qu'elle va penser Ida, la petite de la bibliothèque ?

Sa grand-mère en faisait des tonnes, Christophe voyait très bien qui était Ida. Mais il comprenait aussi le sens de son émotion. Il tenta de la rassurer :

– Mais non ! Bien sûr que non, Mémé Lu, tu passeras pour personne. Tu la connais bien Ida, elle sait ce qui s'est passé. Elle le remettra en rayon, son Christian Signol, et t'auras pas de pénalités de retard. Enfin, ça semble logique.

– Tu te rappelles quand vous y alliez avec Pépé, à la bibliothèque ?

– Évidemment que je me rappelle. Tous les mercredis après-midi.

– Avant le goûter.

– Ce que je pouvais avaler, n'empêche, quand j'y repense !

– Du gruyère…

– Et du saucisson ! En sandwich ! En regardant la télé.

– Tu faisais pas que regarder la télé. On faisait tes devoirs, on jouait aux dames, on faisait des recettes.

– Oh oui, le cake aux marrons, je m'en souviens. Un délice !

– Enfin, bon, c'est fini tout ça. Avec les années, le temps arrange rien, et il construit pas davantage.

Le regard de sa grand-mère s'était assombri. Un long silence s'installa.

Jamais Christophe n'avait raconté à ses parents ou à sa sœur ses mercredis passés avec Mémé Lu. C'était leurs moments privilégiés. Mémé Lu était certainement l'une des personnes dont Christophe se sentait le plus proche. Avec qui il parlait le plus, comme un bourgeonnement prometteur. Mais pour une raison étrange, il ne savait pas comment l'aimer davantage. Comment l'aimer mieux, peut-être. Perdue dans ses pensées, la grand-mère Dugast se remit à pleurer plus fort, plus dru. Christophe le savait, perché dans son adolescence cogitante, pour elle, la vie n'allait prendre qu'un tournant de solitude.

Dans la surprise et la bataille, quelques mois plus tard, le feu se déclencha à nouveau.

Mémé Lu semblait s'être finalement plutôt bien faite à la disparition de son mari, et même, disons-le, très bien. Chaque semaine, Christophe la voyait sortir faire quelques commissions ; « histoire de voir du monde », disait-elle. C'était désormais elle qui se rendait dans la grande ville telle une enfant, fière d'accomplir ses premiers défis.

Ce jour-là, Christophe l'observait depuis la fenêtre de sa chambre. Elle portait son panier en osier sur un bras, un petit sac en croco élimé sur les bords sur l'autre, et ses clés de voiture à la main. Le reste, elle avait l'air de s'en moquer, il lui fallait juste un objet chic pour faire le reste. Et puis le croco, elle devait penser que ça en jetait, même élimé, même faux, même hideux.

Sous le ciel fibreux, la Fiat s'avança dans l'allée. Christophe était au courant que sa grand-mère partait aux courses. Hormis là-bas, elle n'allait jamais nulle part. Une fois par semaine, et c'était bien assez comme ça. Dans le hameau, les voitures se faisaient rares. Un bruit, et on allait voir qui ça pouvait bien être. Tapi derrière les rideaux. Tout le monde alors, savait que la grand-mère partait en courses. Et si tout le monde savait, personne ne comprit pourquoi elle mettait autant de temps à en revenir.

Chez les parents, le téléphone sonna trois heures plus tard. Christophe se précipita dans la cuisine, mais sa mère décrocha avant lui :

– Oui, c'est moi. Lucienne ? Oui, c'est ma mère. Comment ça, sur la nationale ? Elle va bien ? Comment ça ?

Et comme pour mettre à la voile sa réaction, elle se mit à sangloter doucement. Doucement, comme toujours, sans faire de bruit, pour ne pas que les enfants comprennent. Car les enfants, ils ne doivent rien savoir, ils sauront en temps et en heure, ils sont extérieurs à tout ça. Pourtant, Christophe, qui était derrière elle, n'avait pas perdu une miette de la conversation.

Elle récupéra son mouchoir en tissu dans sa manche de chemisier et étouffa à nouveau ses pleurs.

– Qu'est-ce qui est arrivé à Mémé Lu ? demanda-t-il.

– Sa voiture a foncé dans un tilleul, répondit sa mère en se redressant.

– Mais elle était consciente ?

– Oui, oui. Parfaitement consciente.

La patrouille avait conclu à un suicide. Selon toute hypothèse, aucun véhicule ne passait dans l'autre sens. Mémé Lu n'avait pas fait de vol plané, n'avait pas mal négocié un virage (il n'y en avait pas). Elle semblait simplement avoir tourné le volant vers le côté herbeux, avoir fait sa petite affaire, et c'était tout.

Sous les yeux de son fils, la mère Dugast se tenait au buffet. La terreur sévissait une nouvelle fois. L'incompréhension. Et la colère contre la vie qui, mine de rien, ne semblait pas jouer en leur faveur.

– À quoi bon aller à la messe tous les dimanches si c'est pour subir ça ? se lamenta-t-elle.

Mais à qui parle-t-elle ? pensa Christophe. Au Seigneur, bien sûr, une nouvelle fois.

La voiture était le moyen de locomotion privilégié de la famille Dugast. Quand je dis privilégié, je veux dire unique, puisque chaque destination de vacances était accessible au seul moyen d'une automobile. On partait en vacances là où tout pouvait rester intact, là où on ne mangeait pas trop différemment, là où la routine n'était modifiée que par le cadre. Où l'on n'avait pas à s'adapter.

Plus on ne voyait rien des vacances, mieux c'était. Car, au bout de quelques jours, on avait envie de rentrer. Les Dugast étaient, pour résumer et selon certains, pas méchants, mais un peu spéciaux. Des fous délicats, du genre renfermés sur eux-mêmes. Du genre à s'habiller trop chaudement en été, à fermer systématiquement la porte d'une pièce derrière soi, et à trouver les jours de pluie bien utiles pour arroser le jardin sans avoir à sortir. Lorsque Christophe réclamait un voyage, on lui disait qu'il aurait le temps de voyager plus tard. Pour l'instant c'était comme ça. *Mais*, pensait-il, trempé dans l'adolescence, *pourquoi faut-il mettre sa vie entre parenthèses en attendant l'âge adulte ?*

Dans cet obtus terroir familial, personne n'avait jamais pris l'avion. Quant au train, Christophe se souvenait l'avoir emprunté une fois, en bientôt dix-sept ans d'existence. Pour aller à Paris, à la capitale, et il fallait s'estimer heureux de « l'avoir fait » déjà une fois. Emma n'était pas encore née, et lui et ses parents s'étaient payé le luxe d'un périple parisien du plus bel effet. Mais il ne s'en souvenait pas. Au programme, les choses touristiques que l'on voit à la télévision, les photos de la tour Eiffel, la balade devant le Fouquet's pour admirer les riches manger, et se faire photographier devant des riches mangeant. Toucher le bonheur de la même main. C'était bien la seule fois qu'il avait pu se dégourdir les jambes hors domicile et, il faut bien dire, prendre le train lui avait fait un drôle d'effet. Comme une main chaude posée sur la tempe, puis plus tellement chaude, plus la force de tenir chaud. Après tout, était-ce vraiment étrange de se tuer en voiture ? Non, puisque chez les Dugast, on y passait sa vie.

Le soir du suicide, chacun s'était réfugié dans son petit monde. La mère faisait son scrapbooking, le père regardait la télévision avec Emma enroulée sur un coussin, les cheveux comme des fils de cuivre étalés sur les broderies. L'esprit de famille n'était ni triste ni malheureux ; davantage de l'ordre du quotidien. Une soirée comme une autre après une journée de commissions. Mais à l'intérieur, Christophe bouillonnait de douleur, de doutes. De questionnements. Le véritable problème de sa famille était peut-être ici : avoir toute la matière pour se parler mais ne pas le faire. Comme une règle d'or collective.

Il regagna sa chambre, profitant de la réunion des autres pour s'isoler. Il aurait aimé rester avec eux, passer la soirée à se soutenir et à se tenir les mains. Mais voilà, lui comme personne dans ce foyer n'avait appris à le faire. Et cette manière d'affronter la mort dans le silence ne lui convenait pas.

Par habitude, il s'assit sur son lit, sa position de combat privilégiée. De là, il profitait d'une vue remarquable sur l'allée menant à la maison. L'occasion de tout scruter mais aussi d'entendre chacun des bruits de la nature en essayant d'en retrouver la source. Les grillons de l'été, la bise de l'automne, le souffle de l'hiver, l'évanouissement du printemps. À cette fenêtre, les saisons défilaient et lui restait en place.

Les mains posées sur les genoux, il fixa la nuit tombante. La lune dégoulinait de lumière à s'en faire mal aux rétines. Les larmes aux yeux, il inventoria l'autre côté de l'allée. Chez ses grands-parents. Plus de lumière, plus de cheminée fumante, une vue toujours renouvelée sur l'absence. La maison était la plus vide de toutes les maisons du monde. De toute évidence, ses parents ne parviendraient pas à s'en séparer. Une sensation grisante et pourtant si râpeuse monta en lui. Celle que ses grands-parents étaient *mal* morts. Cette maison aurait dû être encore remplie d'eux, elle les attendait comme s'ils allaient revenir, forts de leurs décès ratés. D'ordinaire, ils ne partaient jamais si longtemps.

Christophe commença à gamberger plus qu'il n'y fut autorisé. Qu'est-ce qui avait pu décider Mémé Lu à tourner le volant, à se ramasser dans sa pauvre Fiat ? Aussi tristes soient les conséquences, l'acte le dégoûtait et il ne pouvait s'empêcher de voir le suicide comme une solution de repli, lorsqu'il n'y a plus rien. Y avait-il seulement quelque chose ? Peut-être était-ce une belle manière de s'accomplir ? Pourtant, par rapport à toute la misère qu'il voyait à la télévision, il se sentait franchement sauvé. Non, vraiment, rien ne se passait mal. Mais ce rien était peut-être la source de tout ce qui manquait.

À l'approche du coucher, sa tristesse tachait tout. Il rêva que sa mère vienne déposer sur sa joue le traditionnel baiser du soir, assise une fesse sur le matelas, l'autre au-dessus du vide. Comme un petit réconfort, un petit coussin de silence. Le souper n'avait pourtant pas encore été servi. Chez les Dugast, les traditions n'étaient que des habitudes, et le traditionnel baiser du soir n'existait que dans sa tête. Malgré tout, Christophe semblait espérer l'inespérable. Cette période n'était qu'une suite de basculements que l'on ne pouvait formuler, de gouffres intimes dans lesquels, du salon jusqu'à la chambre, chacun semblait plonger avec gourmandise.

D'après les parents Dugast qui s'étaient rendus à la morgue, on avait retrouvé la grand-mère intacte. La nuque était légèrement brisée, mais c'était la moindre des choses après un tel choc. Christophe peinait à le croire. Pourtant, le jour des obsèques, tout semblait bien vrai, aussi vrai que le cadavre qui le fixait. Dans son cercueil, Mémé Lu était un modèle de beauté. Malgré son grand front, elle avait des yeux bleus presque ciel sous ses paupières closes, des lèvres comme des ficelles, un nez qui s'était affiné de la plus belle des manières, et des cheveux de soie, gris et blanc réunis, sales et chics à la fois. En somme, elle était une belle grand-mère, non, une grand-mère magnifique. Christophe trouvait qu'elle n'avait pas le physique à mourir. La mort ne lui allait pas, mais c'était bien elle qui s'était retrouvée avec le coup du lapin, les dents dans le volant.

Chez Mémé Lu, on avait fouillé scrupuleusement. En vain. Pas de mot, pas de papier, pas de note alléchante sur l'envie de mourir. Elle était partie dans son bel apparat, pimpante et tâchée de grisaille, vers des horizons moins silencieux. Contrairement au grand-père, on n'avait retrouvé aucun testament. Mémé Lu était vraiment partie comme on cligne de l'œil. En brisant le passage du temps long.

Quelques jours plus tard, un soir à la froideur diffuse, les Dugast continuaient de mener leur petit monde. Construisant leurs barrières à grands coups de silences.

Le souper ingurgité, le père somnolait devant le journal télévisé, tout semblait paisible. À la suite de sa sœur, Christophe se dirigeait vers sa chambre, monde de peurs confortables, quand il aperçut la porte de la chambre d'amis entrouverte. Inhabituel rai de lumière à travers l'embrasure. Sa mère avait pour manie de toujours fermer les portes, où que l'on soit, quoi que l'on fasse. Une histoire de courants d'air ou de mauvais esprits. Dans l'interstice, il vit les pieds du lit, où dormait davantage une pile de linge à repasser que des amis de passage. Au bord de ce lit, précipice insoupçonné, sa mère était assise. Elle n'était pas mutique, elle ne pliait aucune chemise mais prononçait d'une seule voix des sortes d'incantations. Ces paroles, à la fois brusques et incompréhensibles, apparurent à Christophe comme des menaces. Entre ses doigts, sa mère tenait un chapelet qu'il reconnut tout de suite. Dans la famille, chacun possédait le sien, comme un grigri personnel. Celui de sa mère était rose, du genre rose tendre, rose intime. Elle le tenait si fermement qu'on ne pouvait douter qu'elle en appelait à Dieu. Elle priait, une nouvelle fois. Christophe l'observait, et les sanglots se bloquèrent dans sa gorge. Sa mère récitait à la volée et à un rythme désarmant des mantras qu'il reconnaissait de la messe. Des prières volubiles, qui ne disaient rien d'autre qu'elle était horrifiée, pleine de frousse et de remords. Elle appelait à l'aide, alors même qu'elle se pensait préservée de tout ce que les autres vivent. De tout ce qui est en vie, autour, bien autour d'elle.

La famille de Christophe était une famille de faux croyants. Des ânes qui n'allaient à la messe que pour se donner bonne conscience auprès des autres. Dieu, ils n'en avaient jamais vu la couleur, pas plus que des miracles, pas plus que de la charité chrétienne. Ils étaient croyants de croire, et leur seul domaine était celui des apparats que procurait la religion. Néanmoins, chacun disposait de sa petite panoplie du bon chrétien, chacun avait reçu le baptême, et chacun pensait croire que tout irait mieux si l'on avait un but intouchable. Très vite, ils s'étaient rendu compte que tout ne fonctionnait pas comme cela, et que rien n'avait plus d'importance que de vivre, plus que d'être vécu par sa conscience. Qu'elle soit bonne ou mauvaise.

D'un pas rapide, Christophe se rapprocha de la porte de la chambre d'amis. Sa mère se retourna. Avait-elle senti sa présence ?

– Viens, lui dit-elle, viens.

Et il vint, sceptique, s'asseoir à côté d'elle.

– Tu vois Mémé Lu, poursuivit-elle, elle est partie, mais ça veut pas dire que ça va continuer. C'était peut-être un hasard, une coïncidence, une petite tristesse en trop. Et puis, à un certain âge, les grands-parents, ils ont besoin de partir, tu vois ? Alors moi, je prie. Pas pour qu'elle revienne, c'est impossible, mais pour que Dieu la protège. Et protège toute la famille. Comme ça, y aura plus de souci, on sera protégé. On n'aura plus de chagrin, plus de mouron à se faire. Toute la vie devant nous. Je sais que tu es grand mais c'est important de le dire. Hein ? T'en fais pas va, mon grand, vas prier toi aussi, tu verras, ça fait du bien. Tu l'as encore, ton chapelet ? Va prier, va prier pour Mémé Lu et pour nous. Et pour toi aussi, parle-lui à Jésus. Dis-lui tes tracas, il est là.

Sans dire un mot, Christophe retourna dans sa chambre et tenta de pleurer entre les perles de son collier mystique.

Christophe Dugast n'avait pas grand-chose pour lui. C'est en tout cas ce qu'il se disait quand il se regardait dans le miroir. Il ne se trouvait pas moche, mais il n'appartenait en aucune façon à la catégorie des « beaux garçons ». À son grand désarroi, la ceinture de ses pantalons venait souvent appuyer le moelleux de son ventre. Mais il ne se considérait pas comme gros. Il détestait le cran de sa mâchoire, tendu vers le haut, alors même qu'il essayait de se faire le plus petit possible dans le monde. Les dents mal alignées, blond ou brun selon les âges, il ne s'épanouissait que dans la discrétion, jamais dans l'exposition de soi. Il aurait voulu changer sa manière de s'habiller, sobre et mal coupée. « Mais changer pour quoi, changer comment ? » lui disait sans cesse sa mère. Cette harmonie dans l'ordinaire (voire dans le peu avantageux) renvoyait finalement à Christophe l'image rassurante d'un garçon équilibré.

À côté des autres élèves de son lycée, il n'était pas cultivé et faisait tout pour le devenir. Comme une morsure à soulager. Car il savait bien qu'un jour, il pourrait s'en sortir grâce à la pensée des autres, ordonnée dans le langage commun. Pour y parvenir, il lui fallait aller au-delà des lectures qui lui étaient destinées. Mais cela demandait du travail, et il travaillait fort. À s'ouvrir à un monde nouveau dont il ignorait tous les codes, les limites, et même l'existence. Il parcourait les pages à la manière d'un enfant devant un livre d'images. Avec le plus grand des appétits.

Plus tard, il s'était rendu compte qu'il avait attrapé un syndrome terrible. Celui qui, depuis son matelas, devant son écran de télévision, dans sa voiture branlante, nous fait prendre conscience que l'on ne fait pas partie des gens d'en haut. Et que c'est ainsi. Une violence symbolique qui, très vite, était devenue son terrain de jeu. Dans la bibliothèque du village, il s'était mis à lire tout ce qui lui passait sous la main : des bandes dessinées, des livres de sociologie dont il ne comprenait même pas les titres, des traités politiques, des livres que l'on aurait crus créés pour satisfaire son plaisir d'évasion. Autant de paroles qui aiguisaient sa convoitise de l'avenir. Mais ça, il ne le mettait jamais en avant auprès des autres, il s'agissait de ne pas se donner en spectacle.

Se mettre en valeur était tout ce qui pouvait lui arriver de pire. Et pourtant, comme une parade intérieure, il adorait refaire son monde. Dès le plus jeune âge, il s'était inventé des vies. D'autres vies. Elles n'étaient pas tout à fait la sienne mais, à grands coups de manipulations, elles auraient pu. Il s'inventait un nom, un prénom, un groupe sanguin, une maison ou un appartement – c'était selon – dont il dessinait les plans, une adresse précise, un emploi du temps minuté. Et il couchait tout sur le papier. Tout, tout. Tout. Cette manière d'inventer l'existence d'un autre était surtout une façon d'imaginer autre chose que son petit train-train croupissant.

Certains jours comme celui-ci, rongé par l'ennui et le dégoût de soi, il poussait le vice, ou l'amusement, ou la névrose, jusqu'à essayer lui-même d'être le double qu'il avait imaginé. De l'être scrupuleusement. Dans la vraie vie, voilà, comme pour se jouer du monde. Aujourd'hui, par exemple, il était Rémi Aubert, dix-huit ans depuis le 19 septembre, étudiant en anglais, résidant au 2, rue Coysevox – il avait repéré cette adresse centrale sur un plan de la ville de Lyon, et lorsqu'on est quelqu'un de super, on vit toujours au centre. Il s'affairait à suivre l'emploi du temps qu'il avait écrit pour la journée. Rémi Aubert passait des heures à lire, faisait du sport, ne mangeait pas de petits biscuits, ne transpirait pas beaucoup, parlait anglais, allemand, italien comme personne avec ses amis imaginaires. Rémi était, naturellement, surnaturellement intelligent, drôle, gentil, et beau.

Ce petit jeu ne durait, et ne pouvait durer, en réalité jamais plus de quelques minutes, car tenter d'être quelqu'un d'autre que soi, c'est déjà être soi, être pleinement soi. C'est du moins ce que Christophe avait retiré d'un manuel de philosophie feuilleté à la bibliothèque. Il n'avait même pas le recul de s'émouvoir du dispositif qu'il mettait en place. Cela le réjouissait, et c'était déjà bien.

– Tu fais quoi là ? Tu parles tout seul ?

Sa sœur venait d'entrer dans sa chambre.

– Dégage, Emma, je suis tranquille, là !

Sa plus stricte intimité violée par un coup de porte.

– Tu parles tout seul, dit Emma, d'un ton moqueur. Tu parles tout seul à un ami imaginaire.

– T'as vraiment l'âge bête, hein ? Pas du tout, je répète un truc pour le lycée.

– Un truc ? Quel truc ? Une poésie ?

– Bon, Emma, s'teuplaît, pars !

– Mais pourquoi tu veux pas me dire ? C'est de la poésie, c'est ça ?

– Ça te regarde pas. Y a rien à dire, vraiment. Pars !

– Bah si c'est pas de la poésie, pourquoi t'as des notes devant toi ?

– Mais c'est toi qui dis que je révise de la poésie !

– Et tu fais quoi alors, pourquoi tu veux pas dire ?

– Je joue des rôles, voilà. T'es contente ?

– Des rôles de quoi ? Du théâtre ?

– Non, des rôles que j'écris.

– Je comprends pas, ça sert à quoi d'écrire des rôles ?

– À rien, voilà, t'es trop petite pour comprendre. Pars !

– Des rôles dans ta tête ?

– Oui, voilà, dans ma tête, c'est ça.

– Comme les comédiens à la télé ?

– Mais non ! Quels comédiens ? Tu dis n'importe quoi, tu dérailles. Dégage de ma chambre !

Emma sortit. Christophe savait que ces inventions n'étaient pas le lot de tout le monde, qu'elles témoignaient peut-être d'une faiblesse d'esprit, d'un dysfonctionnement de sa personne. Et il avait honte. C'était grotesque de vouloir être quelqu'un d'autre que soi. Pour cette raison, il n'en avait jamais parlé à personne, solidaire de ses doubles de papier favoris. Il prenait bien soin de conserver ses feuillets dans un lieu dont lui seul avait le secret et que je ne révélerais même pas ici. On n'entre pas dans les gens comme ça. Une chose était sûre, chez Rémi Aubert, personne ne mourrait.

S'inventer des vies n'était pas la seule marotte de Christophe Dugast. Chaque jeudi soir, il grimpait dans la voiture d'Ida, la bibliothécaire, direction le village voisin. C'est elle qui l'avait inscrit à cette chorale qu'il trouvait, au demeurant, ridicule. Et de fait, elle l'était, mais il tenait ça de sa famille qu'il n'osait jamais dire non. Une relation de camaraderie honnête et apaisée avec son cerveau qui, parfois, lui jouait des tours. Ida lui avait dit avec cet enjouement qu'ont les passionnés : « Tu vas voir, le groupe est super sympa, c'est une fois par semaine, on apprend plein de chansons de l'ancien temps, ça fait super plaisir. Je te paierai les cours, hein, c'est pas grand-chose. » Elle avait omis de lui dire qu'un concert dans l'église du village d'à-côté était prévu en fin d'année. Et il avait dit d'accord.

Ce soir-là, Ida et Christophe étaient donc en route vers la chorale. Au volant, elle était prudente. Elle faisait partie des rares personnes avec qui Christophe n'avait pas peur en voiture. Il faisait nuit, la lune éclairait la campagne environnante, et personne ne parlait. Seule grésillait la station de radio ; il distinguait les paroles d'une chanson qu'il ne connaissait pas. Et le trajet s'écoulait ainsi, dans un calme ambiant propice à l'angoisse pré-chorale.

Une bonne dizaine de minutes plus tard, la salle polyvalente du bourg voisin leur ouvrait les portes pour une heure trente de chant et de partage. Christophe était le plus jeune de l'assemblée. Le seul jeune. On comptait quatre groupes, distribués en fonction des tessitures : soprano, alto, ténor, basse. Il faisait partie des ténors. Il aimait ce mot, il lui rappelait les chanteurs lyriques que l'on voyait à la télévision. Malgré tout, il ne prenait aucun plaisir à chanter et ne se serait jamais vu aspirant à une carrière de vocaliste. Il ne prenait aucun plaisir à venir à la chorale. Il le faisait uniquement par manque de vigueur intérieure, parce qu'il n'avait pas su dire non. Parce qu'il le fallait.

La professeure, Annick aux cheveux courts, prit des nouvelles de la vingtaine de vieux chanteurs présents dans la salle et proposa de commencer avec « Étoile des neiges ». Christophe ne connaissait pas cette chanson.

– C'est le répertoire ça, lui glissa Ida, tu vas voir, c'est top.

Et elle partit rejoindre son groupe.

Annick aux cheveux rouges lui tendit les paroles et donna des indications aux altos.

– Vous commencez, ensuite, les basses, vous arrivez.

Christophe écoutait d'une oreille, les yeux rivés sur les paroles.

– Vous êtes prêts ? dit Annick. Un, deux, un deux trois, et….

Étoileuh des neigeuh
Mon cœur amoureux
S'est pris au piègeuh
De tes grands yeux
Je te donn'en gageuh
Cetteuh croix d'argent
Et de t'aimer touteuh ma vie j'en fais serment.

Ce premier jet était prometteur. Christophe arrivait très bien à retenir les paroles des chansons, quelles qu'elles soient. C'était son petit truc à lui. Une petite fierté qui pourrait en mettre plein la vue à une fille un jour. À présent, restait à placer sa voix. Il commençait à se prendre au jeu et Ida le regardait en souriant depuis son groupe de sopranos.

Au moment d'entamer le refrain, Christophe fit abstraction des autres. Il lui semblait que René, Hubert, Polo avaient cessé de chanter autour de lui. Plus personne n'existait. Seul lui et les paroles. Lui et la chanson.

Étoile des neiges, mon cœur amoureux.

Oui, il était la chanson.

Et de t'aimer toute ma vie j'en fais serment.

Sans violence, une larme s'écrasa sur le lino de la salle polyvalente. Il eut un frisson. Était-il démasqué ? Il sentit son visage se gonfler, rougeaud de honte. Il pleurait devant la chorale entière, envahi par l'émotion. Bien sûr, tout le canton commençait à être au courant de l'histoire de sa famille. Tout le monde savait que Christophe était *le* fils Dugast. Et personne n'avait semblé s'étonner de cette larme échouée sur le sol. Depuis sa place, Ida ne l'avait pas quitté des yeux. À quoi pensait-elle ?

– Tu veux sortir, mon grand ? lui demanda Annick.

– Oui, je veux bien, répondit Christophe.

Dehors, le froid lui broyait les joues. Ses larmes auraient pu geler sur son visage. Il ne savait même plus vers quoi elles se dirigeaient. Il n'était plus question de reprendre le cours, « Étoile des neiges » l'avait achevé. Des pleurs, gros comme des marmites, pleins comme des bidons, qui ne laissaient plus aucune place au chant. Isolé du groupe, il continuait de sangloter, perdu dans le moment. Il se sentait, à cet instant, en totale adéquation avec ce qu'il avait envie de faire. Il voulait pleurer, il le faisait, et personne n'était là. Il était face et livré à lui-même. Que c'était bon, doux et neuf. Je pleure parce que j'en ai envie, je pleure parce que j'ai le droit d'être triste, je pleure parce que les gens meurent, je pleure parce que j'en ai marre, je pleure parce que je suis seul. Toutes ces phrases, ils les répétaient en reniflant, à voix haute, à la manière d'un poème. D'une chanson. Les yeux bouffis, il ne reviendrait plus jamais à la chorale.

Sur le chemin du retour, une ambiance grise et pleine de vide rongeait l'habitacle de la voiture. Ida éteignit la radio, agacée de n'entendre que des grésillements. Christophe avait la joue collée à la paroi de la vitre. De la buée se formait à chaque expiration. Elle n'avait pas le temps de disparaître, qu'une autre expiration arrivait. Il sentait ses cils plus drus, plus salés que d'habitude. Comme s'il venait de se réveiller.

– T'as pleuré à cause de ta grand-mère ? demanda Ida.

– Pas seulement.

– De ton grand-père aussi ?

– Oui, aussi.

– De quoi d'autre ?

– Je sais pas.

– C'est déjà pas mal, tu vas me dire… C'est bien, il fallait que ça sorte.

– Hmm.

– Ça va pas ?

Christophe ne répondit pas.

– Ohé ! Tu peux me dire, mon grand, tu sais.

– Ça va.

– Tu sais pas pourquoi tes grands-parents se sont suicidés, c'est ça qui te chafouine ?

– Hmm.

– Tu te poses des questions. C'est normal, je m'en poserais à ta place. Je m'en pose d'ailleurs. Enfin, tu dis pas à tes parents, hein, que je m'en pose. Hein ?

– Hmm.

– Mais ils allaient bien ? Enfin, je veux dire, ils étaient pas malades ? Ou, je sais pas moi, ils avaient pas envie de partir ?

– Non. Je sais pas.

– C'est pas facile, hein. Mais, je veux dire, y avait rien qui laissait penser que…

– Je sais pas.

– Quand même, les deux, à peu de temps d'intervalle, c'est bizarre. Encore ta grand-mère, je comprends, elle a voulu le rejoindre au ciel, mais lui. C'est quand même spécial… Et puis même, c'est spécial tout court quoi.

Un temps.

– C'est rare, quoi, les gens qui partent comme ça. Non ?

– Hmm.

– Bon, bon, je sens que je t'embête. Mais tu me dirais si tu savais quelque chose ? Faut pas garder ça pour toi, hein, mon grand. Faut dire.

– Hmm.

Christophe n'était plus un enfant, mais il demeurait un enfant du village. Il l'avait attendu ce moment où l'on tenterait de savoir, de cancaner, de profiter de son statut de petit endeuillé. Mais il n'était plus un enfant, ça non, il savait que la curiosité mal placée était une seconde peau sur certains habitants du coin. Il n'en voulait pas à Ida, il en voulait au système. Il était déjà plus aigre et plus averti qu'il aurait dû, mais être du coin voulait dire en comprendre les rouages. Et rien n'était plus fourbe qu'un villageois. Savoir pour savoir, savoir pour dire, savoir pour critiquer, telle aurait pu être la devise d'Ida et des autres. Mais celle de Christophe Dugast inclinait davantage au silence et à la retenue acide. Et s'il se tenait à l'écart de tout cela, c'était aussi pour s'entretenir d'autre chose que de sa famille.

Malgré tout, Ida avait eu le mérite de remuer la question bouillonnante de ces morts qui, contre toute attente, élaguait petit à petit l'hypothèse du hasard. L'hypothèse de se croire permanent. Le suicide était et resterait malgré tout une mort spéciale, il faut bien en convenir. Christophe espérait juste ne plus le croiser sur sa route, car les dégâts commençaient déjà à se faire ressentir, en creux.

Le lendemain, au petit matin, un matin trop grand pour lui, Christophe se leva avec un mal de reins comme il en avait régulièrement. Pas de quoi l'inquiéter, mais la douleur semblait l'occire. Un tonneau des Danaïdes, à traîner toute la journée. À ce mal vint s'ajouter une migraine, dont il était coutumier depuis déjà bien longtemps aussi. Il décida malgré tout d'entreprendre une balade, là où il se baladait depuis toujours, et où le principe de balade ne pouvait se manifester ailleurs : près de la rivière, à quelques dizaines de minutes de la maison. Seul, sans bavardage. À l'extérieur, le vent dévorait la cime des arbres. Le bruit des feuilles donnait la sensation de rouleaux prêts à replonger dans la mer. Une mer toujours trop grande, toujours trop vertigineuse. Bordé de collines et de falaises, le petit sentier sur lequel il aimait marcher avait le goût du plaisir simple, des promenades bohèmes et de la contemplation.

Pour atteindre ladite rivière, il fallait passer devant une jument, seule dans son pré, la même depuis toujours. Souvent, les jours comme celui-ci, Christophe venait la voir et lui confiait ses plus gros chagrins, ses plus petits secrets. L'âge de cette Wanda – c'est ainsi qu'il l'avait nommée – devait être invraisemblable. Elle avait cette queue qui pendait de son armature animale, qu'elle bougeait sans cesse comme un chien fou. Sans savoir pourquoi, cette jument le rassurait. Pourtant, il n'était jamais monté sur un cheval, l'idée l'effrayait, et s'il ne se l'avouait pas, l'animal en soi le tétanisait. Peut-être même le détestait-il. Il s'imaginait parfois que la barrière cédait et qu'il perdait sa qualité d'humain caresseur. Pire, que Wanda sautait par-dessus, fonçant sur tout ce qu'elle voyait de vie.

Il n'alla pas plus loin que la rivière, pas plus loin que Wanda. Il lui parla de longues minutes, conscient qu'elle ne broncherait pas, qu'aucun oracle ne sortirait de sa bouche :

– Je commence à perdre pied, Wanda. J'ai deux grands-parents qui sont morts d'un coup. Tu les as déjà vus, en plus, c'est sûr. J'ai même pleuré à la chorale, imagine, la honte. Devant Ida et tous les autres. Tu te rends compte ? Les parents, ils veulent pas tout nous dire, mais avec Emma, on sait à peu près tout. Enfin, c'est con quoi. De pas se parler, comme ça. J'ai l'impression que chaque mot va nous couper, qu'on s'attend au tournant, tu vois ? Et puis, des fois, comme si une puissance divine au-dessus de moi s'activait, je commence à en avoir marre. Marre, marre, marre de tout. Et à vouloir partir. N'importe où. Au plus simple.

La jument souffla bruyamment. Ses naseaux frémissaient.

– T'as de la chance, toi, tu bouffes et tu dors. Personne ne meurt autour de toi. T'imagines, deux grands-parents, presque d'un coup, qui se suicident ? Ça n'arrive jamais ça. C'est un film, notre vie est un film. Ça me fout les jetons, franchement. Imagine que ça continue, imagine l'horreur. Qu'un jour, ça soit mon tour. Bon, bref, je veux pas y penser, je t'embête pas plus, tu t'en fous en plus, toi. Ah t'aimes bien les caresses, hein ? Moh oui ma fifille. T'es belle, t'es trop belle.

La licité du geste ne faisait pas de doute, mais Christophe ne pouvait s'empêcher de faire comme si parler à une jument était une activité interdite, pris de stupeur si un randonneur survenait sur le chemin alors qu'il effectuait ses confessions chevalines. Pour lui, ces moments déplaçaient la peur de la vérité vers d'autres arcs d'illusion. Après s'être confié à sa meilleure alliée, il rentra, la démarche erratique mais assurée, vers la maison. Il allait être l'heure de déjeuner.

Autour de la table, tout le monde avait déjà pris place. Christophe était en retard de quelques minutes et sa mère venait à peine d'apporter les plats. Le souffle court, elle tenait à bout de bras la moitié de baguette de la veille, le tablier encore noué autour de la taille. Avec précaution, elle la posa bien à l'endroit, pour ne pas attirer le mauvais œil. Christophe s'installa sans bruit. Chacun avait le nez dans son assiette.

– Tu t'es lavé les mains ? lui demanda sa mère.

– Non.

Il fit un rapide aller-retour dans la salle de bains. Chez les Dugast, on ne plaisantait ni avec la mort ni avec l'hygiène.

Au menu, une salade d'endives, un bout de viande sec comme le bitume orageux. Et des blettes. Pour le dessert, une tarte aux pêches que la mère avait préparée le matin même. Une fois de plus, Christophe se garda de lui avouer qu'elle était piètre cuisinière, et qu'une pâte sablée du commerce aurait eu plus de goût que son mélange farine, beurre et sucre à demi cramé. Et si elle persistait, par habitude, à placer des couteaux à bout rond autour des assiettes, il va sans dire qu'il serait à jamais impossible de couper une viande, quelle qu'elle soit, cuite à la margarine façon plat en sauce, mijoté bien trop longtemps pour le plaisir procuré. Les produits industriels ont cet avantage de nécessiter moins d'efforts et de procurer plus de sensations. Mais rien n'y faisait, la mère Dugast s'entêtait à préparer de mauvais petits plats.

– Qu'est-ce qu'on dira au village si on apprend que je vous nourris avec des mauvais produits ? répéta-t-elle une énième fois en avalant un morceau de tarte.

Le repas était un moment comme tous ceux qui se partageaient chez les Dugast, en un peu moins bien. Les cliquetis de fourchettes se répondaient, tandis que le père, le fils, la sœur, et la mère mangeaient sans un mot, ou presque.

Christophe redoutait toujours ce moment. Mais de façon étonnante, il attendait avec impatience le café servi à la fin. Avec un sucre, ou deux. En de rares occasions, on le buvait dans les tasses en verre ambré, celles-ci étaient plutôt réservées pour le dimanche après la messe. Ou pour les gens importants, qui ne se pressaient pas au portillon. Alors en semaine, on buvait le café dans les verres Duralex.

Emma, trop petite pour aimer le café noir, y mit comme à son habitude une larme de lait. On s'en fichait, bon ou pas pour la santé, ce qui comptait, c'était de faire comme tout le monde autour de la table, et un café au lait amènerait nécessairement au café sans lait, un jour.

La fin au repas se passa ainsi dans le même silence que celui du début, et si personne ne semblait en profiter, tout le monde s'accorda minutieusement à penser qu'il était temps de débarrasser, puisque la mère Dugast s'était levée.

Une des activités post-repas consistait pour le père Dugast à s'endormir sur le canapé, devant le journal télévisé. Les nouvelles, il s'en foutait, il s'en était toujours foutu. Quand quelqu'un lui parlait de l'actualité, il s'arrangeait toujours pour répondre par des hochements de tête ou pour placer des phrases ambivalentes, du genre : « De toute façon, on l'a bien cherché », « De toute façon, il fallait s'y attendre hein », « De toute façon, si c'est pas ça, c'est autre chose », « De toute façon, je sais pas où ça nous mènera tout ça ». Autant de petites répliques qu'il avait savamment assimilées pour mieux s'en sortir en société. Passer pour quelqu'un qui en a dans la caboche, dont les opinions ont de la valeur.

Après le déjeuner, il lui arrivait aussi d'ouvrir un livre qu'il empruntait à la bibliothèque du village mais rapidement le sommeil nappait tout. Avant d'entamer l'après-midi, de reprendre le tracteur, bûcher les vignes et le raisin. Ici, la viticulture était un métier de labeur, jamais de rêve. Jamais d'ambition. Elle parachevait les désillusions.

Comme d'habitude, la mère s'occupa de la vaisselle sale, et les enfants ne surent pas où aller hormis dans leur chambre, pleinement conscients d'être livrés à eux-mêmes pendant ce laps de temps très particulier. Soudain, la sonnerie du téléphone retentit.

– Qui ça peut être ? pesta la mère. On n'a rien à donner.

Souvent, des démarcheurs téléphoniques appelaient les Dugast, mais cette fois-ci, ça n'était pas pour une assurance.

Cette fois, il y avait une nouvelle. La main de la mère tremblait en tenant le combiné. Après qu'elle eut raccroché, elle jeta un regard vers son mari, les paupières liquides et les yeux chargés.

– C'est ton père, dit-elle.

– Hein ? Comment ça « c'est ton père » ?

– Il a sauté depuis la cime de la falaise, à quelques mètres d'ici.

Elle avait dit tout cela dans un calme chagrin, à la manière d'une mauvaise nouvelle arrivée hors de son cercle. Et comme une habitude, ou du moins en partie.

Dans le couloir, Christophe écoutait, l'épaule collée contre celle de la sœur. Cette falaise, il l'avait aperçue depuis le sentier avant le repas. Si seulement il avait su. Son grand-père devait désormais être à quelques dizaines de mètres de Wanda, démembré, amorphe.

Christophe et Emma se rendirent dans le salon, ne faisant pour une fois même pas mine de ne pas avoir écouté en douce. Emma avait les joues raides et brillantes, et son sourire de renarde était parti. Rien n'allait pouvoir désinfecter la plaie. Ça y était, l'événement mortuaire était devenu un compagnon. Ils mouraient tous, et tous étaient frappés.

À voix basse, Emma demanda à son frère :

– Pourquoi Pépé a sauté de la falaise ?

– Tais-toi, j'en sais rien.

– Mais pourquoi ? Je comprends pas. Tout le monde meurt alors ?

Sa voix basse devenait caverneuse. Le réel prenait une nouvelle texture.

– Oui, finit par répondre Christophe, il est mort. Tout le monde meurt un jour, c'est normal, t'inquiète pas.

Le sang était monté en lui comme l'air dans la bombonne qu'on utilise pour gonfler les ballons. Avant qu'ils éclatent, eux aussi.

En se grattant le creux poplité pour se donner une contenance, Christophe s'adressa à ses parents :

– Les secours sont déjà venus rapatrier Pépé ?

Personne ne lui répondit, personne ne sentait qu'il fallait parler. Tout se passait avec soi-même.

– Papa, murmura le père en sanglotant, Papa est parti…

La mort commande souvent à la famille un devoir de mémoire, mais jamais on ne songeait qu'il pouvait aller jusqu'au ridicule temporel. Elle venait de déplacer la réalité pour installer sa peine dans un bac de coton, bien doux et bien moelleux.

Pouvoir pleurer chaudement était bon.

Devant le téléphone, la mère avait gardé les poings serrés, adossée contre le buffet.

– J'y crois pas, mon Dieu, c'est pas possible ! Tu te rends compte ? Qu'est-ce qui nous arrive ? C'est un film, cette histoire !

Assis sur le canapé, le père Dugast mit ses paumes sur ses yeux en reniflant. Jamais Christophe ne l'avait vu flancher ainsi. Et si, à son tour, son père mourait, quelle serait sa réaction ? Il aurait pu s'en foutre, mais à bien y réfléchir, c'était tout de même son père. Un bœuf sans âme, peu de confidences, peu d'entraide, peu de complicité, mais tout de même son père. Son seul père.

D'un coup, Christophe comprit la douleur. Pire, il la mesura. Il se mit lui aussi à pleurer, à se rendre compte de la situation. Emma, désormais consciente des choses et du temps, les accompagna, et tous trois se recroquevillèrent ensemble sur le canapé.

La mère les regardait.

– C'est quand même dingue…

Le père feignit d'entendre.

– Papa, Papa !

Il continuait sa litanie monocorde, un enfant sous chaque bras, pleurant à gros bouillons.

Christophe observait sa sœur pleurer. *Elle veut faire comme les grands*, pensa-t-il, *se mettre dans le droit chemin de la tristesse.* Pour lui, tout semblait prendre une tournure plus engageante. En quelque temps, il venait de perdre la moitié de sa famille. Les bras de son père n'y feraient rien, il se sentait de plus en plus seul, de plus en plus oppressé par ce cercle, asphyxiant et pourtant si familier. Chaque larme était comptée, demain serait un autre jour.

Peu à peu, Christophe avait l'impression instable qu'une certaine logique présidait à ces morts en série. Que rien ni personne ne faisait fausse route. Chaque membre de la famille s'érigeait en point cardinal dans un chaos et des voix, comme un grésillement, se faisaient écho. Tous se rendaient à la mort dans une douceur implacable et une violence que l'on ne taisait pas, mais dont on avait peine à penser la réalité. Pour l'instant et à part ça, ils n'avaient pas grand-chose à recommander dans leur quotidien. En tout cas de ce qu'ils en disaient, puisqu'ils ne disaient rien. Il faut avouer que ces silences, c'étaient leur fonds de commerce, aux Dugast.

Quelques jours après le décès du grand-père paternel, la vie reprit son flambeau. Seule l'absence était là. Comment s'était-elle installée ? De quelle façon avait-elle rejoint celle du grand-père maternel ? Tout ceci n'avait que peu d'importance. Au village, ça devait jaser sec derrière leur dos. Tout le monde achetait le journal du coin, tout le monde se baladait sur la place de l'église, et tout le monde était encore venu à l'enterrement pour connaître les détails croustillants du passage à l'acte. « Monsieur Dugast, bien sûr, il est mort pas plus tard que jeudi, à la cime là-bas », « Si, un bête accident paraît-il, enfin j'y crois pas trop moi à leurs enfumages », « Et si c'était un tueur en série qui leur voulait du mal ? On voit ça de plus en plus souvent à la télévision », « Décidément, les Dugast, ils trinquent ces derniers temps ».

S'il y voyait une solitude groupée, imperméable à la moindre discussion, Christophe pensait avoir une longueur d'avance sur le village. Il commençait à douter, en son for intérieur, de la résonance de ces suicides sur le cœur collectif des Dugast. Il aurait fallu qu'un quatrième y passe pour que le doute s'installe durablement, qu'il devienne acceptable d'en parler à ses parents. Et si la logique était pertinente, il eût été pensable que sa dernière grand-mère se fasse la malle. *On verra bien*, se disait-il. Ça n'était pas un secret, pas un déguisement, plutôt une rudesse d'esprit « à la Dugast ». Pourtant, comme une phosphorescence intérieure, il avait les lèvres en feu. Il n'osait pas imaginer le reste de sa famille y passer. Les pensées dévalaient si fort que, irrépressiblement, il voulait en discuter.

Sortir du silence clos de la maison et du hameau. Car si rien ne se dit, si tout est masqué, toutes les paroles se valent. Et ça, Christophe ne voulait pas le croire. Alors, un soir de décembre, il se décida.

La salle à manger était paisible, chacun vaquait à ses occupations. Sur la table, un bouquet d'anémones artificielles trônait. À côté, un bloc de papier sur lequel Emma écrivait. Depuis la mezzanine, Christophe regardait sa sœur faire ses devoirs. Elle prenait toujours soin de choisir ses crayons, et là, de la main gauche, montre et bracelet fantaisie attachés au poignet, elle maniait un portemine. Elle était la seule gauchère de la famille et l'était restée, même si on avait essayé de l'en empêcher. Chez les Dugast, la main gauche était la main du diable. Chaque jour, sans exception, on lui retirait sa fourchette pour la placer dans la main droite. Les symboles avaient la vie dure et avoir une gauchère dans la famille n'était pas une tare, non, mais quelque chose qui ne devait pas arriver et qui, au village, ne se savait pas.

Christophe descendit les escaliers, accroché à la rambarde comme à un parapet. D'un air timide mais désormais conscient que tout peut arriver, il se détacha de la rampe et attrapa une chaise. Il s'assit à côté d'Emma, en dépit de la longueur de la table. Pour lui signifier qu'il était là. Que la conversation pouvait commencer.

– Ça va ? Tu fais quoi ?

– Des devoirs pour la semaine prochaine.

– C'est quoi ?

– Une poésie. Je la recopie pour m'aider à apprendre.

– C'est quoi ? Jacques Prévert, oh, sympa. T'aimes bien ?

– Oui. Je comprends pas tout mais j'aime bien.

– Tu la connais déjà par cœur ?

– Non, pas tout, mais un peu.

– Tu veux me réciter ?

– Non. J'ose pas.

– Si t'oses pas devant moi, t'oseras pas devant les autres.

– Oui, mais j'ai pas fini d'apprendre.

– Je vais pas te manger hein, si tu te trompes, tu te trompes et c'est pas grave. Allez, je commence : « Il dit non avec la tête… »

– Non.

– Ah ça, pour dire non, il dit non, hein ! Bon, ben je te laisse apprendre comme il faut alors.

Rien d'autre n'avait pu sortir.

Christophe, passif, fixait désormais sa sœur qui recopiait des vers par lesquels il était passé, lui aussi. Angoissé à l'idée que le sort s'acharne. Mais comment partager un tel sentiment, si creux et pourtant si oppressant, humé par chacun mais dont l'odeur est imperceptible au groupe ?

Emma avait une cicatrice sur la joue gauche, que Christophe fixait maintenant avec attention. Elle avait trois ans quand, dans un coup de sang, et après une grosse bêtise sans importance, sa mère lui avait asséné une énorme gifle. Il se souvenait encore de ce moment où le temps avait semblé s'arrêter. Emma, ce corps qui autrefois appartenait à sa mère, avait été frappée par sa bâtisseuse. La fillette avait alors poussé une crise violente, un agacement par-delà les habitudes. Se transportant de peurs en catastrophes. Elle avait entrepris, furieuse, de secouer la grande bibliothèque remplie de dictionnaires et de *Quid* classés par années. Et là, l'événement : un rayon entier avait cédé, friable qu'il était, s'acheminant droit sur la petite Emma. Un livre lui était tombé direct sur la joue, laissant l'empreinte vive de cette violence indélébile. Depuis, la mère en plaisantait ; encore une combine pour se dédouaner. Rien n'y faisait, dès que l'occasion se présentait, elle ne pouvait pas s'empêcher de dire à Emma : « Dis donc toi, je comprends pourquoi tu veux être professeure de français, le poids des mots t'a touchée dès ta plus tendre enfance ! »

C'était peut-être une épidémie qui s'abattait sur tout le foyer, car personne ne maîtrisait aussi mal la parole.

La famille Dugast rudoyait tout sur son passage, à commencer par la souffrance. Dans sa chambre, Christophe commençait à douter de sa tristesse. L'éprouvait-il vraiment ou se l'ordonnait-il ?

Sur son lit, ce petit lit d'une place que son enfance avait connu, il refaisait un monde entier. Parfumait son imaginaire sans répit. Lui revint le souvenir de sa mère qui lui disait de prier, de profiter du chapelet qu'il avait reçu pour sa communion, de l'égrener en récitant des « Notre Père », des « Je vous salue Marie ». Au début, il l'avait fait, comme un jeu, comme quelque chose d'assurément ludique. Puis il avait commencé à y croire, un peu. Aujourd'hui, plus rien de tout cela ne le touchait. Il s'était émancipé.

Assis sur le bord du matelas, les pieds sur la carpette orange, il se tassa comme s'il était en train de rire. Le soir est en charge des réflexions sur les derniers événements, mais lui, Christophe

Dugast, pensait au lendemain. Il se concentra sur la fraîcheur des draps sous sa paume, darda son regard sur la porte de la chambre et ne tarda pas à s'allonger, enfin.

La nuit, il ne parvenait plus à trouver le sommeil. Des suicides en cascade, ça marque l'esprit, ça crée des fictions saveur brouillard. Ça donne envie de croire aux malédictions. Il y réfléchissait de plus en plus, comme une idée fixe. Mathématiquement, bien sûr, il y avait une logique à ces morts familiales. D'abord les grands-parents, un par un, et puis viendrait le tour des parents. Et puis. Christophe n'avait pas de grande sœur, pas de grand frère, pas d'alternative après son père, alors la mort l'appellerait, bientôt. Restait à savoir s'il voulait l'attendre ici, sous les feux de la rampe d'un village attristé. Habitué, même. Ne valait-il pas mieux s'échapper, tenter de vivre autrement et, pourquoi pas, éviter les sillons de la camarde ? Puisque de cette épidémie familiale, on ne maîtrisait rien. Le lieu était-il hanté ? Le hameau ne lui avait jamais paru très accueillant mais de là à s'imposer comme le territoire de la mort… Dans ce dédale de questionnements, Christophe était perdu. Savoir pourquoi, comment et où n'avait pas été son obsession mais il avait commencé à s'en imprégner au fur et à mesure que cette logique dansante s'était figée.

Et au fond, de quoi cette mort était-elle le nom ? Ils étaient croyants, ça oui, mais au point de croire à une malédiction ? On a toute sa vie l'âge d'être mort. On ne savait pas s'ils se suicidaient tous en prévision de la mort qui les guettait. Peut-être que le décès de son premier grand-père était unique et que rien ne prédisposait la famille à mourir un par un. Que Mémé Lu s'était fait mourir toute seule, de chagrin et au volant. Ça existe. Personne ne s'en parlait, personne n'était mièvre à ce point, ça ne valait pas le coup. Le troisième serait alors un hasard ?

Ça ne valait pas le coup et pourtant, la mère Dugast avait fini par faire venir le médecin. Elle préférait le voir à domicile, comme la coiffeuse Monique, ça évitait d'aller en ville et d'avoir à se justifier. Ça évitait de parler de mort. Et c'était tout aussi bien.

Le médecin arriva un matin, sémillant. La mère avait tout préparé. La toile cirée était impeccable, elle avait gardé du gâteau au yaourt immangeable de la veille au soir, le calendrier des pompiers était au bon mois et tous les parfums de jus de fruits, au frigidaire. Au cas où. Christophe vit le médecin arriver, bedaine au vent, ne se doutant apparemment pas qu'un nouveau membre de la famille était décédé. Il ne devait pas lire les journaux, pas vivre aux alentours. Après tout, personne n'aurait pu s'en douter non plus tant l'ambiance était cordiale. Ou plutôt égale à elle-même.

Le médecin prit place à la table, soufflant comme un bœuf au moment de l'atterrissage. Emma se retint de rire.

– Qu'est-ce qui m'amène ici, M'ame Dugast ?

Elle voulait faire un bilan, et Christophe comprenait bien pourquoi. Elle avait peur, voilà tout. Peur de figurer parmi les prochaines sur la liste.

– Vous voulez un café ? ajouta la mère.

– Ah, bien volontiers ! Noir, sans sucre, s'il vous plaît.

Après que la mère eut servi le café dans une tasse en verre ambré, le médecin sortit son matériel. Il prit sa tension, bu une gorgée, ausculta les oreilles, les ganglions, bu une gorgée, et posa les questions classiques d'un médecin classique. Il lui demanda comment elle allait, pourquoi elle pensait avoir besoin de lui, le tout mené de front comme une réunion de famille. Tout le monde, dans la pièce, faisait mine de ne pas écouter. Mais la mère n'avait pas de problème, pas de problème à évoquer en tout cas. La famille était un tel rhizome, tout y était bloqué, rien n'était dicible.

Christophe aurait pu se vanter de posséder des images telles que celles-ci, tant elles lui semblaient témoigner de l'intérieur familial. Mais comme tout ce qu'il voyait, il allait l'oublier. Et puis il n'avait personne à qui le raconter. Il avait très peu d'amis, c'était périlleux, se gérer seul était déjà bien assez éreintant. Et qu'est-ce qu'il aurait bien pu leur raconter ? Dans sa vie, il n'y avait eu aucune aventure, seules celles de son cerveau avaient résisté. Et les livres, les livres couleur de terre qui luisaient partout dans ses yeux. Les livres qu'il adorait, auxquels il avait le sentiment d'appartenir, plus que tout. C'était peut-être eux qui lui faisaient le mieux comprendre que d'autres mondes existaient en dehors du sien.

Pendant ce temps, le médecin, vieil hurluberlu, expliquait à ses parents qu'il avait eu une période tabouliste, sur quoi il enchaîna directement, comprenant qu'ils ne maîtrisaient pas le terme, qu'il n'avait mangé que du taboulé pendant une période bien définie. La conversation battait son plein, et les parents avaient cet air mi-interloqué, mi-fasciné par ce quelque chose de la ville qu'ils ne connaissaient pas. Ça devait être une mode mais dans l'assiette en fin de compte.

Emma, rassérénée par l'absence d'un quelconque syndrome chez sa mère, était repartie dans sa chambre. Christophe écoutait le médecin, amusé sur son attrait pour le taboulé, ébloui par sa bizarrerie. Sa mère lui jeta un regard noir, et il effaça son sourire. À la place, il appuya une moue des yeux dubitative, presque moqueuse, du genre : *Qu'est-ce qu'il raconte ce gros bonhomme ?*

Le médecin ralentit son débit, avant de se taire tout à fait. Dans un geste élégant, il ôta son chapeau qu'il remit ensuite, comme pour saluer la famille Dugast à la cantonade. Tout ce qu'on faisait ne servait à rien, alors autant bien le faire.

Christophe s'engouffra dans le couloir se réfugier dans son antre. Dans le calme de sa chambre, il écouta les *Nocturnes* de Chopin, trouvés dans un fascicule des Éditions Atlas que sa mère avait récemment acheté dans le but de constituer la musicothèque idéale. Et il s'endormit comme on meurt.

Pour l'enterrement du second grand-père Dugast, la famille était réduite à l'os, seuls persistaient en nombre les gobe-mouches du village, charognards venus s'attarder sur une bribe de potin.

Christophe prit place au deuxième rang, juste derrière celui réservé à la famille, le cercle des privilégiés. Il ne voulait pas avoir à affronter directement le cercueil. Claquemuré dans le silence imposé par la cérémonie, il ne se construisait plus que sur l'idée de la mort, ou, au moins, sur la faille de la vie. Cette vie, dans laquelle, il aurait aimé s'en sortir par la conversation. Mais il y avait ces barrières féroces. Il n'était pas dans un état de drame ; là, c'était du sérieux, les gens le regardaient. Il n'avait pas non plus à cœur de célébrer cette mort, de voir sa sœur mouiller les yeux comme elle le faisait régulièrement, et son père s'en étonner. S'en agacer, même, maladivement. On reste digne, on n'est pas si triste. On se redresse. Entre eux, il le pensait, les liens ne parviendraient jamais à devenir fermes. Tout le monde était cassé.

Entre deux miscellanées religieuses, la mère prononça un discours. Elle s'avança vers le pupitre, l'élégance relative, vacillant sur les pavés compte tenu de ses talons hauts. Et elle récita quelques phrases. Bien sûr, tout était branlant, le fond du propos était insipide, mais Christophe retint une larme. Pour que personne ne sache qu'il avait peur. Il aurait pu arracher toutes les aiguilles de toutes les horloges de la terre, rien n'y ferait, tout continuerait ainsi.

La mère Dugast avait la voix chevrotante. Il fallait la comprendre, « on ne perd pas son beau-père tous les jours », qu'on disait derrière, « ils étaient proches non, tu sais toi ou pas ? ». Elle portait une belle étole, une fausse soie violette, qu'elle avait assortie à ses boucles d'oreilles. Directement venue d'une réception, qu'on aurait pu dire, ou qu'on avait peut-être dit, d'ailleurs. « Elle est chic M'ame Dugast, un peu trop pour un enterrement, m'enfin bon, c'est pas ce qui compte, comme on dit. » Mais on ne disait pas ça du tout.

Christophe formait en lui-même une boule de cendres qu'il aurait souhaité bien réelle pour se couler entre les pieds des gens et sortir à tout jamais. Il voulait s'enfuir comme on a quarante de fièvre, dans la chaleur et dans l'effroi. Fuir, s'échapper, c'était peut-être ça, la solution après tout. Il ne pouvait pas pleurer, ne pouvait pas crier, ne pouvait pas partir, seul lui incombait le blocage. La mort rôdait, le chagrin ne pouvait s'extirper, le cercle vicieux paralysait tout. Il savait aussi que chacun de ces moments, il ne les reverrait plus jamais, aussi heureux, aussi déflagratif fussent-ils. Et que ça lui allait. Minute après minute, ses cellules s'autodétruisaient, son processus de vie s'engageait, et il fallait dialoguer avec les morts pour le saisir. Il ne pourrait jamais, s'il partait, revenir à son innocence. Toute image du monde serait brisée et remplacée. Remplacée par quoi ? Celle d'une nouvelle réalité, moins douce et moins drue, plus imagée et plus engageante. Cette réalité l'aidait à formuler sa fuite. Il fallait s'en aller. S'enfuir. Peu importe où. Quitter le pays premier. Il se rappelait que sa mère connaissait quelqu'un à Paris. Ou ailleurs, peu importe, il aurait recruté la solution dans toutes les classes de la société. La fuite, il n'y avait que ça qui valait. Il ne pensait pas que l'on suivait le cours des choses exclusivement par amour. Ce n'était pas par fidélité, encore moins par attachement. Et lui avait décidé de rompre, de ne plus suivre, mais de mener ce qui lui semblait être sa vie. En creux, grondait la malédiction de la mort, qui ressemblait au seul héritage qu'il pouvait espérer. Est-ce que quitter le nid lui garantirait d'échapper à son sort ? Il n'aurait pu le dire, mais c'était l'occasion d'essayer. Sur un coup de tête adolescent.

Ce jour, ce fameux jour de l'enterrement, il faisait beau par éclaircies. Il n'y avait rien à dire de ce moment. Pas de date particulière, pas d'événement au village, pas de week-end, juste l'inaction collective autour d'un corps dont on se ficherait dans quelques jours. Après son discours, la mère Dugast retourna à sa place et Christophe observa celles et ceux qui l'entouraient. Quand ils sortirent, l'église était allumée par un halo de soleil, juste au-dessus du toit. Sur la petite place, chaque membre de ce groupe soudé par le gentilé semblait vouloir finir. Pourtant, la mère Dugast tremblait sans doute de mourir, recroquevillée dans ses soins intérieurs. La grand-mère paternelle n'oserait pas avouer qu'elle était la prochaine sur la liste, l'ombre portée de son mari. Quant au père Dugast, il jouait l'homme, le bonhomme, l'animal, le rude gaillard qui perd son père mais qui la joue royal. Tout étouffait tout le monde. Christophe se sentait supérieur de le comprendre avant les autres. Comme si chaque mort posait l'esprit de famille entre ses bras et le serrait si fort, qu'à la fin, il éclatait. Et à la fin, il n'y aurait peut-être plus rien.

Le jour de Noël n'était pas plus important qu'un autre. Mais bien souvent, les Dugast mettaient un point d'honneur à le rendre spécial. « Si on nous regarde, il faut faire les choses bien. »

Le chapon était au four, les pommes dauphines attendaient dans le micro-ondes, et la bûche avait été récupérée chez le pâtissier du village. Oui, voilà, un jour vraiment spécial.

– Y avait une de ces queues ! dit la mère. Il a dû faire son beurre pour le mois, le René ! J'espère qu'elle sera moins sèche que l'année dernière. Je lui avais bien dit la fois d'après, de mieux l'imbiber, le biscuit était pas assez mousseux.

Cette année encore, elle avait opté pour la bûche roulée aux marrons et au chocolat. Emmaillotée d'une crème au beurre, striée, parsemée de petites figurines en plastique. La grand-mère Dugast les collectionnait depuis des poignées d'années. Pour en faire quoi ? « Ça sert toujours, disait-elle. Quand on fait une bûche soi-même, ou même un gâteau, tiens. » Mais lorsqu'ils en faisaient, les Dugast n'y pensaient jamais.

Pour Christophe, Noël n'était qu'une histoire de gros repas. Comme le voulait la coutume familiale depuis quelques saisons, les absences marqueraient le tour de table. Une peau de chagrin festive mais peu reluisante, car chacun n'osait montrer sa tristesse ; mieux, son angoisse, qu'il prorogeait jusqu'au moment du coucher. Seul avec soi-même.

Cette année, ils étaient donc cinq, réunis autour de la table, prêts à célébrer les fêtes comme il se doit. Il fallait bien penser à autre chose. La grand-mère, le père, la mère, Christophe, et la petite dernière, Emma, la petite Dugast. Sur la toile cirée trônaient fièrement une bouteille de mousseux qui n'attendait que d'être ouverte, le verre de Suze de la grand-mère et un verre de Fernet-Branca.

– J'adore ça, dit le père en s'emparant du verre. Vraiment : pas trop fort, un peu amer, le juste temps avant d'être pété.

Au pied du sapin, les cadeaux étaient réunis, peu nombreux, mais chacun avait la certitude de savoir ce qu'il allait recevoir. Chez les Dugast, aucune place n'était laissée à la surprise. On se disait ce que l'on voulait, on n'osait pas entreprendre pour les autres, et les habitudes étaient ainsi faites. Christophe et sa sœur savaient qu'ils seraient privilégiés.

Chaque année, et probablement jusqu'à ce qu'ils fassent eux-mêmes des enfants, ils avaient droit à une rondelette somme d'argent. Somme qui venait s'ajouter à l'objet qu'ils recevaient en cadeau. Et une fois de plus, Christophe comptait moins sur l'objet que sur l'argent. Comme une promesse de fuite en avant.

– Allez, on passe aux cadeaux, dit la mère. Comme ça, ça sera fait. Chacun prend le sien. Tiens, Christophe, ça, c'est ton enveloppe.

Christophe s'en saisit et, en l'ouvrant, y découvrit la même somme que depuis quelques années : cent cinquante euros répartis en trois billets de cinquante. À côté, un autre cadeau. Il s'agissait d'une petite boîte, recouverte de papier doré à liserés argentés, qu'il ouvrit comme on ouvre un frigidaire, gourmand.

Un couteau suisse.

– Quelle idée, quand même ! s'exclama la grand-mère.

La lumière sèche du salon se réverbéra directement sur la lame.

– Ça sert toujours, et ça dure, répondit Christophe, contemplatif.

Il pensait que cet objet était la première chose à se procurer en cas d'évasion, aussi légale soit-elle.

Le repas fut servi. Chacun se rendit sagement à sa place. La décoration de table était chiche, mais criarde. La mère Dugast avait formé des petits éventails avec les serviettes, qu'elle avait posés au centre des assiettes. Christophe le vit, un soin tout particulier avait été accordé à cette soirée, et le résultat était vertigineux. Autour de la table, l'ambiance dugastale commença à battre son plein. Le père ouvrit les joyeusetés :

– Tu peux me passer un bout de pain steup' ? demanda-t-il à sa femme.

– Tiens, prends la corbeille de ton côté.

– Non, non, je veux juste un bout, avec les mains c'est bon. On se craint pas quand même.

Souvent, Christophe observait ses parents vivre à deux leur amour flasque. Ils ne se parlaient pas, ne se disaient rien, mais devaient bien s'aimer, au fond. Sinon à quoi bon s'entendre, à quoi bon créer une famille ensemble. La mort avait peut-être lesté la relation, l'envie de ne pas se quitter, quoi. S'étaient-ils demandé si leur couple était la raison de cette maladie grave ? Rien de plus grave que la mort, rien d'autre ne sert, rien d'autre n'est plus inattendu. Là, épaule contre épaule, ses parents ne se regardaient pas souvent, mais voyaient tout ce que l'autre faisait. C'était peut-être ça, l'amour chez les Dugast.

Au fil du repas, l'envie de rallumer la flamme familiale vint à l'esprit de Christophe. Une discussion, il fallait à tout prix discuter. L'esprit hardi, il se mit en quête d'une conversation qui concernerait tout le monde, et que tout le monde aurait envie de nourrir. Quelques secondes s'écoulèrent. Autour de la table, le calme régnait. C'était son heure, son moment pour prendre les choses en main. Et pour briser le silence, rien d'autre ne vint à part :

– Ça vaut le coup d'aller visiter Paris ?

– Si ça vaut le coup ? répondit sa mère. Faut être équipé, hein. Mais tu connais Paris, en plus ! Pourquoi tu me parles de ça, toi ? Tu te souviens pas ?

– Pas trop non, j'étais petit, j'ai pas vraiment de souvenir précis.

Christophe préparait le terrain. L'hypothèse de fuir dans une ville connue mais oubliée le rassurait.

Il se tourna vers son père.

– Tu te souviens toi ? Tu veux pas nous raconter le voyage ?

– Le voyage à Paris ? C'était y a bien trop longtemps pour que je le raconte, tu penses. Enfin si, je peux te raconter ce que je me rappelle de…

– Mais toi, tu te souviens jamais de rien, enfin !

Orageusement, la mère lui avait coupé la parole, sous le regard muet de la grand-mère. Christophe avait réussi. Il se fit un plaisir de cacher le petit rictus qui pointait au coin de sa bouche.

– Moi, je me souviens, poursuivit-elle, je marque tout dans un carnet, mais j'ai jamais besoin de m'en servir au final. J'ai une mémoire, pfiou ! Énorme !

Elle se rua dans le couloir, et Christophe l'entendit fouiller le guéridon de l'entrée. Elle revint, carnet rouge de similicuir en main, pour prolonger la saveur du voyage. Christophe jouissait d'avoir ramené la conversation au centre de la table. Pour lui, il fallait en passer par là pour se donner le droit de poser des questions, car on n'entre pas en piste sans s'être présenté. Depuis toujours, sa mère se targuait d'être une très bonne narratrice ; et dès qu'il s'agissait de se lancer dans ce type de récit, de radoter sur le passé, elle s'imposait sans vergogne. Même si tout le monde connaissait l'histoire, même s'il n'y avait aucune anecdote croustillante à rapporter, tout le monde allait en prendre plein les mirettes.

– Alors, raconte-nous, dit Christophe à sa mère.

– Déjà, tout avait mal commencé. On avait pris le train dans la mauvaise gare, tu sais, celle qu'ils ont fermée là, y a deux, trois ans. On avait bien failli louper notre correspondance pour Lyon, heureusement qu'on est toujours en avance. On a pu mettre un bon coup d'accélérateur, et on est arrivé à temps à la bonne gare. Quelle course, je me souviens !

– Trop en avance, toujours trop, rétorqua la grand-mère. C'est votre défaut parfois, je vous le dis comme ça vient.

– Bref, reprit la mère en l'ignorant, faut dire qu'on avait que dix ou douze minutes de battement pour y arriver, alors quand on connaît pas la gare, et bah c'est coton.

Le père Dugast regardait sa femme, la paume de sa main sous son menton, passif. Prêt à se laisser bercer par le récit oublié.

– Mais moi ce que je veux savoir, dit Christophe, c'est le Fouquet's, le Sacré-Cœur, le Museum d'Histoire naturelle, tout ça. Je veux pas que tu nous racontes le voyage comme un périple au fond du monde.

– Hey ho, soit on raconte, soit on raconte pas, répondit la mère. Alors je raconte. T'es pressé ? Toi aussi t'as un train ? De toute façon, on a changé à Lyon, on est arrivé à Paris, tous les trois, ta sœur était pas encore née. On avait réservé une chambre d'hôtel, pas mal quand même, attends, j'ai une photo dans la couverture du carnet, il me semble.

Elle ouvrit son carnet. Le rabat de la couverture était vide.

– L'hôtel était à… Mince ! J'ai oublié le nom du métro, c'est vers la droite de la ville, tu peux aller chercher le plan s'teuplaît, Michel ? Attends, non pas Voltaire, moins connu, ah oui, ça, voilà, une chambre d'hôtel à Charonne ! C'est bon pour le plan, j'ai trouvé toute seule ! Je me souviens juste des gens qui criaient jusqu'à point d'heure, mais la chambre était pas mal. Y avait des miniatures de produits dans la salle de bains, alors à partir de là, on peut pas être perdant au change.

Christophe voyait que sa mère commençait à perdre le fil, mais lui ne perdait pas de vue son objectif : apprendre à connaître Paris, la cible la plus évidente, la cible numéro un.

– Du coup, tu peux nous raconter Paris, la vie, les gens, tout ça ? demanda-t-il.

– Les gens ? Ben je sais pas, c'est la ville quoi, des vrais loups, ils se poussent, ils vont vite, c'est comme à la télé. Sinon, on a visité la tour Eiffel. Décevant, elle est juste au milieu de la route, comme ça. Le Sacré-Cœur, pas mal, ça monte pour y aller, ça se mérite, hein, mais c'est sympa, c'est à faire, quoi. Le quartier du Parthénon, non du Panthéon, on n'est pas rentré, on savait pas le prix, pour aller voir des tombes, c'était pas non plus le truc de la ville. Enfin c'était pas la tour Eiffel. Le mieux, c'était ton père qui, une heure après être parti de l'hôtel, s'est fait chier dessus par un pigeon. Ce qu'on avait ri ! Tu te souviens, hein ? Tu t'en souviens ou pas, Christophe ?

Christophe ne se souvenait pas, mais il lui semblait qu'avoir entendu cette histoire des dizaines de fois lui assurait de l'avoir pleinement vécue.

À la fin du récit, alors que sa mère allait sortir l'album photo pour illustrer ses dires, il demanda :

– Et vous connaissez encore du monde sur place, à Paris ?

– Qui veux-tu qu'on connaisse ? répondit le père. On connaît personne, on n'a jamais connu personne, c'était un voyage comme ça.

– C'est vrai que tu frappes à la mauvaise porte si tu veux des contacts, s'amusa la grand-mère.

Christophe regardait sa mère. Elle avait les lèvres pincées. Elle voulait parler.

– Tu connais quelqu'un, toi ? insista-t-il.

– On n'a jamais connu personne, répéta le père, rempli de soupçons.

– Non, mais… hésita enfin la mère. Enfin, moi, j'ai une vieille amie, Suzelle, qui habitait Montmartre. Il faudrait que je cherche l'adresse, tiens.

Elle repartit près du guéridon, duquel elle tira un carnet d'adresses et un plan de Paris. Pour Christophe, c'était gagné. Il vacillait d'impatience. Cette quête allait être l'attraction de la soirée, la deuxième, et tout le monde allait se précipiter dessus pour donner une contenance à la fête.

– Ouh là là, dit-il, j'ai l'impression que cette année, on va pas se coucher à 21 heures !

– Ça commence un peu à tirer pour moi, un bout de bûche et je rentre me mettre au lit, annonça la grand-mère.

La mère, penchée sur son carnet, semblait tout ignorer :

– Suzelle… Suzelle comment déjà ? Ah oui, Capoulade, j'allais dire Rémoulade.

Fou rire gras. Elle reprit :

– Boh, attends, c'est bizarre… Ah non, voilà, j'étais à la mauvaise page. Ben, c'est bien simple, à la lettre C, y a qu'elle ! Capoulade, voilà, elle vit au 110 de la rue Dancourt. Elle y vit toujours, je pense, on s'est eues y a pas si longtemps au téléphone. Y a quoi ? Deux, trois ans.

Le père la regarda avec un air étonné. Mais rapidement, il passa à autre chose.

Christophe s'était investi de la mission de rassembler les troupes, et cela avait fonctionné.

Non, vraiment, c'était une belle soirée de Noël.

À la fin du repas, quelques secondes après sa dernière cuillerée de bûche, la grand-mère Dugast annonça :

– Bon, je vais pas tarder, je commence à avoir sommeil.

– Vous voulez que Michel vous raccompagne ? demanda la mère. Michel, raccompagne donc ta mère.

– Oui, oui, enfin si elle veut pas, elle veut pas, hein, rétorqua-t-il.

– Oui, ça va, ça va, c'est à côté, j'ai juste à traverser et j'y suis. Je prends mon foulard, voilà, et je suis partie. À demain ?

Et tout le monde de faire écho :

– À demain, bonne nuit.

Non, vraiment, se dit Christophe, c'était une belle soirée de Noël. Une belle, non, une surprenante soirée. Et elle n'était pas tout à fait terminée.

Une petite heure après le départ de la grand-mère, les Dugast regardaient tous dans la même direction. Sur l'écran de la télévision, s'affichaient les programmes potaches, coutumiers de la fin d'année. Christophe était assis sur le sol, le dos contre le siège du canapé. On lui répétait pourtant de s'asseoir comme tout le monde, mais rien n'y faisait, il aimait être par terre. Dans son anamnèse, il digérerait chaque information distillée par sa mère. Suzelle Capoulade. Il pria pour se souvenir de ce nom avant d'aller se coucher.

Suzelle Capoulade.

Suzelle Capoulade.

110, rue Dancourt.

Ces informations résonnaient et se répondaient, comme l'arrangement d'une petite mélodie.

Soudain, la rêverie d'évasion se déchira. Au loin, pas si loin, de chez la grand-mère Dugast, un brame leur parvint, comme un gémissement.

Le père cria, choqué. Tout se passait si bien. Il n'y avait plus rien à faire. Christophe comprit tout de suite de quoi il s'agissait. De qui on allait parler.

– Vous ne bougez surtout pas, hurla le père aux enfants. Si vous bougez, je vous tue ! On va voir ce qui se passe avec Maman.

Il avait dit ça dans une lourde précipitation. Emma se mit à pleurer et, tout en la consolant, Christophe l'entraîna avec lui dans sa chambre. Elle avait du chocolat autour de la bouche, que les larmes venaient saler sans promesse. Il tenta de la rassurer. Il faisait ce qu'il pouvait, pour déplacer l'attention, pour ne plus s'éterniser en enfance. Mais décidément, il n'y était pas préparé. À genoux sur son lit, il observa par la fenêtre sa mère qui courait en savates sur l'artère de graviers. En galopant, face contre vent, elle hurlait :

– Restez à la maison !

Comme si le drame ne faisait pas partie de leur vie, comme s'il fallait les en protéger encore.

Plus loin, tout avait l'air de se passer dans le jardin. Aussi dépouillé soit-il, le saule pleureur d'à-côté masquait la situation. Christophe ne parvenait pas à voir ce qu'il aurait voulu voir mais selon toute vraisemblance, il y avait quelque chose au sol. À mieux y regarder, il s'agissait bien de sa grand-mère, allongée là, en pantoufles fourrées. Ses parents se tenaient devant le cabanon où étaient entreposés les outils, la tondeuse à gazon, les herbicides toxiques, les stocks de bouteilles de lait et de panaché, pour les invités. Un merdier pas possible. Christophe se souvint ; le cabanon, c'était son grand-père qui l'avait construit, en réaction au cabanon que son autre grand-père avait bâti, de l'autre côté de l'allée. Il avait entrepris, une matinée de novembre, d'assembler des planches qu'il stockait depuis des années et de les clouter ensemble. Alors oui, il était fragile et ne tenait que par une logique impalpable, mais il était là, et il restait bien pratique, de ce qu'en pensait sa grand-mère. « On a toujours quelque chose à stocker de toute façon », disait-elle. De son poste d'observation, Christophe ne voyait rien de plus. Sa vision se limitait à ce que la lampe de la petite cabane voulait bien lui montrer. Rien de plus, si ce n'est, lorsque le vent daignait se manifester dans les feuilles du saule pleureur, que c'était la panique à bord.

Emma était recroquevillée dans un coin de la chambre. Christophe la regarda et pensa à sa vie d'adulte, de moins en moins scintillante. Il se demanda ce qu'il fallait lui dire. Mais il ne lui dit rien. Après tout, chacun son rôle, et annoncer la mort n'était pas celui d'un frère. Il se contenta de lui dire, tout en longueur :

– Ça va aller. T'inquiète, ça va aller.

Soudain, la porte d'entrée claqua. Pris de panique, il attrapa sa sœur et se réfugia sous le bureau. Une panique, mais quelle panique ? C'était leur mère, qui venait d'entrer dans la maison comme le diable, et qui, de la même manière, ouvrit la porte de la chambre sans frapper.

– Tout va bien ? demanda-t-elle d'un souffle. Tout va bien, Emma ?

– Oui, oui, ça va. J'ai peur.

– Peur de quoi, chérie ?

– Je sais pas, dit-elle en pleurant.

– Il faut pas avoir peur, hey ho. Faut pas.

Un temps.

– Bon, se résigna-t-elle. Il faut que je vous dise quelque chose : Mémé va sûrement partir au ciel.

– Hein ? Pourquoi ? demanda Emma.

– Je dis ça…

Un temps.

– Parce que le bruit tout à l'heure, c'était elle.

– Comment elle a fait son compte ? demanda Christophe, impassible.

– Christophe ! s'offusqua sa mère.

Puis, d'une même traite :

– Elle a ingurgité un bidon d'herbicide dans le cabanon. Sur le coup de l'émotion, je pense.

– De l'émotion ? dit Christophe. Mais quelle émotion ?

– Je sais pas, Christophe. Je sais pas. J'en ai marre là.

– Elle avait pas de problème, Mémé, dis, Maman ? fit Emma. C'est la malédiction peut-être.

– La malédiction ? Mais tu es folle ! Non, elle était juste triste d'être sans Pépé. Enfin je sais pas, je suis pas dans sa tête.

– Emma a raison, dit Christophe à sa mère. On le savait tous qu'elle était la prochaine sur la liste. C'est une suite logique, c'est comme ça.

– Mais arrête ! Bon, on parlera de ça plus tard. Retournez dans le salon, allez-vous coucher, bref, faites ce que vous voulez, mais vous ne bougez pas de la maison !

Sa mère ressortit et Christophe vit apparaître sur les murs de la chambre des lumières bleues. En kaléidoscope, les secours venaient d'arriver. Il se dirigea vers le lit et s'assit à côté de sa sœur, le menton sur le rebord de la fenêtre. Il ne pouvait rien voir, rien attendre des images qu'il avait en face de lui. Sa grand-mère allait-elle survivre ? Bien sûr que non, Mémé était sans doute déjà partie, agonisant dans l'ambulance. Il n'avait plus d'espoir pour grand-chose. Le foyer ne tenait plus qu'à un fil, il se consumait de l'intérieur.

Dans la boue du soir, les parents rentrèrent à la maison. Ni Christophe ni Emma n'osèrent sortir de la chambre. Ils préféraient attendre. Pour Christophe, ils n'étaient pas égaux face à l'attente. Lui la goûtait en silence. Ici, elle n'était pas une lutte immobile, elle ne se résumait pas à retrouver quelque chose que l'on croyait perdu. L'imagination avait un rôle à jouer. L'attente, c'était attendre, c'était parfois inutile, c'était parfois un fléau, c'était parfois salutaire. Et il ne cherchait pas à la comprendre. Le temps avait les contours flous, et en attendant, personne n'était venu voir les enfants dans leur chambre. L'affaire était close sur elle-même.

Ils ne vivaient plus dans une maison, plus dans une bicoque, ils baignaient désormais de la tête aux pieds dans un brasier ardent. Qu'allaient-ils pouvoir devenir ? La question se retournait dans l'esprit de Christophe. Les pestiférés du village, ceux par qui la mort survenait. Ils n'avaient jamais été populaires, n'avaient jamais voulu l'être, mais cette fois-ci, une espèce de film les avait recouverts. Personne n'osait leur parler. Pour leur dire quoi ? Leur seule actualité tenait par les suicides récurrents que chacun d'entre eux menait d'une main de maître. Peut-être, au village, pensaient-ils que les parents étaient des tueurs ? Peut-être avaient-ils peur d'être contaminés ? Autant de pistes, autant de doutes qui mâchaient Christophe. Pour lui, ces questions étaient ce qui arrive à tout homme lorsqu'il est face à la réalité : une claque en plein visage.

Un peu plus tard, un coup de téléphone retentit dans la maison. La mère décrocha depuis la cuisine. Après l'appel, elle s'achemina dans la chambre sans frapper et annonça la nouvelle. La grand-mère Dugast était bel et bien morte. Le rodéo pouvait continuer.

Les jours d'après. Comme une volée de fleurs d'alpage, pour Christophe, la vie continuait d'être cueillie de la maison jusqu'au lycée. Pour rentrer des cours, il devait prendre un bus. Le genre d'autocars régionaux qui ne demandaient rien d'autre que de transporter des élèves. Peu confortables, ces engins étaient toutefois bien pratiques pour la dizaine de kilomètres qui séparait la petite ville du lycée.

Cet après-midi-ci, Christophe descendit à l'arrêt prévu et marcha une bonne quinzaine de minutes, dans le flottement de la campagne environnante. Le parcours était tracé d'avance, millimétré. Il le connaissait par cœur. Mais il y avait des jours où ses envies sortaient des sentiers. Sur le chemin du retour, il se mit à réfléchir à cette malédiction, ce sacré coup du sort. Il y réfléchit, car, il faut être honnête, les choses commençaient à prendre un petit peu d'ampleur. *Une goutte dans l'océan*, se disait-il, *mais après tout, l'océan c'est des gouttes*. L'image était belle, mais le cirque du réel en avait sous le pied. La veille, il avait neigé. La nuit avait été chaude ; assez pour faire fondre l'épaisse structure blanche. Christophe marchait tête baissée, observant les traces de pas brunies, marquées dans ce qu'il restait de bouillie neigeuse. Il marchait en bord de nationale, sac sur le dos, dans un périmètre bien délimité par l'habitude. Il marchait, et autour de lui, tout fondait.

Il approchait de la maison. Pas envie de rentrer. Pas plus de retourner au lycée. Il n'était tranquille nulle part. Là-bas aussi, ça faisait plusieurs mois qu'on lui en parlait. De façon pressante, de plus en plus. Dans la cour, chacun y allait de son petit commentaire. Certains montraient de loin le type maudit, d'autres venaient hardiment le voir : « Vous avez fait quoi au bon Dieu pour que tout le monde meure comme ça, chez vous ? » Christophe n'avait aucune réponse à donner. L'humeur était davantage à la moquerie qu'aux apitoiements. Et au fond, c'est peut-être bien ça qui l'atteignait. Il n'avait pas l'habitude d'être le centre de l'attention et, au bahut, il l'était pourtant vite devenu, troquant son statut d'élève sans saveur à celui de célébrité mortuaire.

La mort de sa grand-mère cheminait dans son crâne. Elle qui se souciait tant ce que l'on pensait d'elle, qu'aurait-elle dit de tout ça ? Aurait-elle continué de se noyer de plus belle dans la messe, chaque dimanche ? Christophe, lui, n'avait rien d'un dévot et il n'avait pas les armes pour se blinder contre les autres. Il ne s'en plaignait pas. Il l'avait choisi. Il était baptisé, communié et avait décliné au moment de la confirmation. Il ne fallait pas en faire trop non plus. Il était très content de manger l'hostie, ce goût de pain mélangé à la colle, mais l'exercice devenait toujours plus compliqué lorsqu'il devait aller à la messe. Au fil des années, il avait donné raison à ses propres croyances. Il s'était construit une bulle de bienveillance ignorante. Sous le regard aveugle de ses parents, il était devenu « athée ». Un athée baptisé, un athée dont la table de chevet renfermait un chapelet.

Mais ce jour-ci, Christophe sentit son âme céder à l'appel spirituel. Peut-être même à l'appel de cette voix imaginaire que sa mère nommait Dieu. Une faiblesse d'esprit, qui trahissait son manque de ressources pour affronter cette réalité intraitable. Après tout, ça ne coûtait rien d'essayer. Les réflexes pécuniaires avaient la vie dure, même face à l'idée de la mort. La période était riche en émotions, en sensations, et en malédictions. Tout était plus frêle.

Il bifurqua dans le sens opposé à la maison et monta la petite côte qui menait au bourg, le cœur plus averti que d'habitude. En haut, il tourna les pieds vers la gauche puis légèrement vers la droite. Encore une petite côte et il entra dans l'église du village. L'odeur de pierre ecclésiale lui monta dans les narines. Le frais de ce grand espace vint lui remplir les poumons. Une promesse d'apaisement, une gourde de survie.

Il s'assit sur un banc au fond, quelques minutes, juste avant l'ennui, et contempla les vitraux. Ceux de l'église du village n'était pas les plus beaux. Il en avait connu des remarquables, comme à l'église où la chorale donnait sa représentation. Mais ici, ils appartenaient à son village. Ils étaient les siens.

Dans une démarche confuse, il s'avança dans ce qu'il aimait appeler l'allée centrale, le front encore humide du signe de croix qu'il avait fait près du baptistère, à l'entrée. Puis il s'arrêta, fit un tour sur lui-même, en essayant de prendre conscience de l'immensité de la construction. Il remonta la ligne droite, et atteignit le premier rang auquel il n'avait que très rarement accès. Il était comme ces premiers rangs d'école destinés aux meilleurs élèves, aux plus offerts, aux plus dévoués. Cette fois-ci, il n'y avait personne. Personne à part sa présence, et celle de son Dieu. Il entama une génuflexion, et se rendit rapidement compte du ridicule de la situation. Il se reprit, et s'assit de tous ses plis d'être.

Sur le banc, face à l'autel de bois, il avait honte. Il avait honte et, à la fois, très envie de joindre les mains en fermant les yeux. D'invoquer. D'implorer Dieu de stopper le massacre. D'arrêter son petit jeu mortuaire. De mettre à mal la force de vie des Dugast. Ou peut-être juste la sienne. Il avait honte, mais il le fit. Soudain, sa lèvre se retroussa comme une vague qui se retourne sur elle-même. À moins que ce ne soit l'introduction aux larmes qui pointait. Cet instant sonnait comme le dernier recours avant la fuite, et il lui sembla qu'il fallait le mener avec le plus de cœur possible. Même s'il n'y croyait pas. Ou peut-être plus.

Soutenu par le repose-pieds, il posa ses poignets sur ses genoux, les joignit le plus discrètement possible – que personne ne le voit – et courba le dos. La tête penchée vers les mains, le souffle court et les larmes sous les yeux. Comme une flèche, une extase, un lever de soleil, il priait. À travers les murs épais de la petite église du village, quiconque serait entré n'aurait pas été surpris de voir un membre de la famille Dugast implorer le Seigneur d'épargner ce qu'il restait d'eux.

Les habitants du village n'étaient pas les derniers à réquisitionner le lieu pour entretenir leurs petits océans intérieurs. Mais ici, Christophe était seul, jusqu'à cet instant où il entendit la grande porte de bois s'ouvrir. Un rai de lumière apparut dans l'arène du bâtiment. Le halo des vitraux se reflétait sur une rangée de bancs, et Christophe se retourna. Il observa la poignée de personnes qui entraient. Sans aucun doute, vu l'âge et la composition du groupe, il s'agissait d'un cours de catéchisme en milieu naturel. Une mise en pratique de Dieu et de son royaume. En fin de troupeau, il lui sembla reconnaître quelqu'un. Une fille de, à l'estime, son âge. Rien d'étonnant, dira-t-on, lorsqu'on vit ici. Il se ravisa jusqu'à, enfin, recoller les morceaux. Cette fille, qui venait de lui sauter à la mémoire, était une ancienne camarade d'école primaire puis de collège. Delphine. Une blonde lumineuse au teint net, qui regardait, impassible, le dédale d'ennui vers lequel elle s'avançait. Christophe regrettait de n'avoir pas vraiment eu d'amitié fusionnelle depuis l'enfance. Mais il se souvenait bien de Delphine, grande Sioux solaire. On disait d'elle qu'elle était placide. Ils ne s'étaient pas parlé depuis des années, Christophe était un grand taiseux, mais aussi une espèce très rare de solitaire abusif. Ici, dans cette église, un premier tronçon de nostalgie lui remonta. Les émois triviaux que cette fille avait éveillés chez lui au collège. Une femme aimée, pour la faire courte. À l'époque, il avait été, comme tout adolescent, émoussé par ces premiers désirs passables. Il l'avait imaginé nue, les boucles sur les épaules, la relevant à bout de bras alors qu'elle venait de tomber. Suivait une scène de baignade dans une cascade, où, toujours dans son imagination, Christophe pouvait peloter et soupeser sans gêne la poitrine à peine naissante de Delphine qui répondait par des gémissements approbateurs. Son visage se ridait, sa bouche se transformait en tonneau d'envie, ses yeux se recroquevillaient, le parfait attirail de la scène de désir. Ce souvenir était plus fort que tous les enterrements successifs auxquels il avait assisté.

Figé sur son banc, il n'osa pas se lever pour lui parler. Il n'osa pas, et au fond, il ne le regretta pas. Qu'aurait-il pu lui dire ? « Ah, toi aussi tu viens prier ? – Non, je suis avec mon groupe de caté, et toi ? – Non, moi, je suis athée. » Parfois, il valait mieux savoir s'éclipser.

Le lendemain, en rentrant du pain, Christophe rejoignit directement ses parents au funérarium du village. Ici on ne trouvait pas d'épicerie, mais quiconque souhaitait enterrer ses morts eût été servi. *À croire qu'ils ont été construits spécialement pour nous*, se dit-il dans un rire nerveux. Depuis le décès de la grand-mère, les parents se relayaient pour veiller la morte. En passant le pas de la porte de la maison funéraire, Christophe croisa le thanatopracteur. Le « thanato ». Ils se connaissaient, ils s'étaient déjà vus à deux reprises. Le thanato vivait au village d'à-côté. C'était un métier que Christophe avait appris à découvrir, et sur lequel il n'imaginait en aucun cas miser au moment de choisir sa voie, dans quelques mois, après le bac – le temps file. Jusqu'à maintenant, il ne s'était intéressé ni au maquillage ni aux vrais silences. Alors à quoi bon jouer une telle carrière ? De toute façon, sa famille avait déjà tracé la sienne. Christophe reprendrait les vignes du père.

Il n'avait jamais questionné ses goûts, ses envies, ses ambitions. Il se contentait de faire lanterner dans la vie son corps mollasse et sans défense. Est-ce qu'il avait envie de faire de la vigne son métier ? Pas plus que ça. C'était comme ça. C'était l'héritage, le traditionnel, il n'y avait pas de raison pour qu'il brise la chaîne. Et au moins, les choses étaient tracées, de quoi rassurer un petit bouseux comme lui. Un petit gars du coin, qui le restera, oui. Un petit gars qui n'aime pas grand-chose, un petit gars qui subit et qui dit poliment bonjour au thanato lorsqu'il le croise dans le couloir.

Le thanatopracteur, l'affront du deuil étranger, le grand mamamouchi de la mort, la bobine affable était là pour refaire une beauté à sa grand-mère avant le grand départ, l'Achéron flou. C'était probablement, se dit Christophe, la dernière présence humaine, le dernier contact direct d'une pulpe de doigt sur le corps de la défunte.

Pour Christophe, les entreprises funéraires étaient un archipel de questionnements. Même si la famille commençait à maîtriser la concurrence, il fallait comparer les prix, savoir choisir le bon bois pour le cercueil, décider si on optait pour les fameux derniers soins. Les derniers soins. Un concept désormais partagé par tous. Généralement, ils le faisaient toujours, et chacun était d'accord pour y passer lorsque viendrait son tour. Ces derniers soins repassèrent devant ses yeux. Vider le corps, le rendre présentable, habillé convenablement, figé dans le formol et le fond de teint. À cette idée, Christophe ne put réprimer un haut-le-cœur. En arrivant au funérarium, il frôla l'épaule du thanato. Dans le catalogue des regards particuliers, celui de l'homme prenait une nuance de plus en plus commune. Une ritournelle creuse. Il ressemblait à un épervier, du genre fin et onduleux, du genre le sexe froid et sec. Christophe le salua, mais ne discuta pas. Il lui préférait son souvenir. Non, vraiment, cet endroit le répugnait de plus en plus, et déblayait toutes les pensées positives qu'il pouvait avoir. Alors devant l'urgence, le besoin impérieux d'être du côté des vivants, il tourna les talons et rentra directement chez lui, sans prendre la peine de prévenir ses parents qu'il était passé. Il venait de perdre en une respiration la moitié de sa famille, il ne tenait pas à voir l'autre moitié vivante dans ce lieu.

Depuis la soirée de Noël, la fin d'année était douce, l'esprit sautillant. Chaque ciel de chaque journée emmitouflait le chagrin et donnait à chacun la vague impression d'un apaisement. Après l'enterrement de la grand-mère Dugast, un renouveau d'espoir était perceptible. Pour Christophe, l'harmonie entre les températures et les aspirations du corps aurait pu durer toute la vie. Tout le temps du souvenir, du moins.

Dans sa chambre, il était en train de lire, mais il ne lisait rien. Il pensa aux livres, qui ne le suivraient plus s'il décidait de partir. Ceux qu'il avait collectionnés, ceux qu'il avait empruntés à la bibliothèque, qu'il savait près de lui, ceux qu'on lui offrait de temps en temps. À l'évidence, il voulait prouver au monde entier quelque chose, et ce quelque chose était abrité par la lecture. Chaque samedi, lors de la traditionnelle journée des courses à l'hypermarché de la grande ville voisine, il tentait de se faire offrir un livre par ses parents. Des formats poches, les seuls que sa mère acceptait d'acheter. « Attends, t'as vu le prix des bouquins ? C'est affolant, c'est quasi un demi-plein d'essence ! » qu'elle disait.

Assis sur la moquette, il observait ses bien-aimés. Lesquels prendre, lesquels laisser sur le côté ? Lesquels pour être de bons alliés ? Il valait mieux, probablement, partir léger avec un sac à dos et un cerveau de diable. Il pensait à tout cela en se disant que peut-être la malédiction reviendrait. Et il s'imagina mourir à son tour. Il s'imagina, oui, pendu à la poutre de la grange. Bouffé par les hyènes. Sautant d'un pont voisin pour atterrir, juste bien, sur le bitume luisant. Dans son esprit, les scénarii se cognaient. C'était comme un jeu de hasard, dans lequel la date et la cause n'étaient pas connues. Pas voulues, non plus. Mais il avait encore l'espoir d'y échapper. Cette fichue bonne étoile ne lui avait jamais permis d'expérimenter sa condition d'homme faible, de garçon voué à mourir, de fils malchanceux, de vie de pacotille. C'était là, la rançon du succès. Attendre dix-sept ans de chance pour finir par mourir dans d'atroces souffrances intérieures. Sûrement, mais il aurait préféré qu'elles s'étalent. Car un suicide, qu'est-ce que c'était, à part un trou dans le cœur, vif et sans rebond possible ?

Parfois, il prenait du recul, se disait que tout ceci n'était qu'une mauvaise plaisanterie. Une fantaisie de la vie parallèle qu'il menait à l'intérieur. Il ne ressentait, faut-il le préciser, aucune envie de mourir. Pourtant, c'était bien sa vie, qui là se déroulait, ébouriffée. Son noyau se résumait désormais à sa sœur, à ses parents, et à l'envie égoïste de les quitter.

Si, par manque de renseignements, il ne pouvait établir de dispositif de fuite, son plan d'attaque était simple : avoir le courage de monter dans un train. Dans son imagination, il aurait même pu être capable de sonner au 110, rue Dancourt, et de demander Suzelle Capoulade. Lui demander le gîte pour quelques jours, le temps de se retourner, car elle était probablement la seule personne dont il connaissait le nom hors de son village. Toutefois, fait-on réellement ce que l'on dit lorsqu'on vit chez les Dugast ?

Au fil des jours, il avait pris soin de se renseigner auprès de la mère sur cette vieille amie. Suzelle Capoulade. Le drôle de nom. Il l'avait fait dans les règles de l'art, par petites touches successives, jamais oppressant, toujours avec cet air de ne pas y toucher. C'est bien simple, pas une seule fois sa mère ne lui avait demandé le pourquoi de ses questions. C'est qu'il avait bien mené sa barque, le fils Dugast.

Elle commença à parler de Suzelle en la décrivant. « La peau métisse, un beau carré mais les cheveux filasse, oui je me souviens, elle laquait beaucoup, mais sympa autrement, hein. Oh ! Elle doit avoir des cheveux blancs maintenant, enfin les cheveux teints j'imagine, la connaissant. Toujours apprêtée, trop parfois, limite vulgaire. Remarque, ça me ferait plaisir de la revoir, Suzelle. » Il apprit également qu'elle avait été secrétaire pour un cabinet d'assurance, bon, et qu'elle était plus âgée que sa mère. « Elle est largement à la retraite maintenant. » Puis, il demanda :

– Et vous vous êtes rencontrées comment ?

– À Vichy, je passais mon diplôme de couture, et puis nos chemins se sont séparés. Suzelle, elle a eu la grande vie ! Elle a rencontré l'homme parfait, au parfait moment. Une chanceuse, quoi.

Car ici, tout le monde croupissait, dans une articulation harmonieuse. Christophe était conquis, Suzelle avait l'air de ne ressembler en rien à sa famille. Elle était chic, ils ne l'étaient pas, et cela suffisait bien.

Peut-être le maléfice venait-il de ce manque de chic chez les Dugast ? Bien souvent, une décision ne tient qu'à une phrase.

Que faire des souvenirs des morts lorsqu'ils sont morts ? Une nouvelle fois, la question s'imposa à Christophe, alors qu'il assistait à l'enterrement de sa dernière grand-mère. Vêtu de noir, il contemplait, peiné mais las, l'attroupement de villageois derrière lui. Désormais et pour lui, il s'agissait presque d'une formalité, capitonnée de lassitude et de cette aigreur religieuse qui lui incombait. Plus personne ne tombait pour se redresser. Bien sûr, son père venait de perdre celle qui l'avait conçu, mais Christophe était sûr que l'habitude prenait malgré tout le pas sur les émotions. Chaque enterrement était plus court que le précédent, plus long en bouche, aussi. Les cérémonies rameutaient de moins en moins de monde. Pas que la grand-mère était moins populaire que son mari ou que quiconque, mais les villageois semblaient lassés de ce petit jeu mortuaire qu'on leur imposait.

Oui, pour des raisons molles, les gens s'ennuyaient. Un ennui buissonnant. Et ils jouaient de tous les registres, ils cabotinaient, autour de la tombe, montraient collectivement que l'heure était grave. Grave, puisque si le mot existe, il faut bien que quelque chose le soit. Désormais, certains ne prenaient même plus la peine de se grimer, et venaient comme après le marché, détendus, de passage, assister à la destruction de la famille Dugast. Voilà, oui, c'était un enterrement bien, mais sans plus. Un événement, mais certainement pas une date. Il était coutumier de se fondre dans la situation. Une sensation étouffante, comme un verre de chartreuse un peu trop forte ; qui étrique, mais qui réchauffe bien quand même.

Le cimetière parlait pour le village entier : laid, mal entretenu, et isolé. De gros gâteaux de béton construits en série, moulés sur un paradis perdu. Christophe se détacha du groupe, des proches, des villageois, de tous ceux qui avaient fait l'homérique déplacement. La famille ressemblait à ce moment. Se défier sans parole. Se jeter des regards, comme on jette une peau de bête morte, en silence. En battant des paupières.

Le cœur des pleureuses s'était arrêté. Emma était celle qui, depuis le départ, semblait le moins tenir le choc. Sans cesse les yeux mouillés, sans cesse les lèves closes et tremblantes. Sans cesse le visage dans les ronces. La pauvre, il fallait dire qu'un tel bordel dans la vie d'une petite fille, ça remue, ça marque. Aujourd'hui, une bonne dizaine d'années bien tassées en main, elle semblait davantage comprendre les enjeux ce qui était en train de se passer et regardait le sol à la verticale. Comme pour se recueillir devant le symbole d'une plaque de marbre. Plus la famille se recentrait sur elle, moins les choses de l'émotion étaient brimées. Et ça changeait tout. Ça changeait tout.

Dans la rousseur de ses cheveux, elle glissa une fleur qu'elle avait ramassée dans le jardin de sa grand-mère.

– Je voulais la laisser sur le cercueil, et puis j'ai oublié, glissa-t-elle à son frère après l'inhumation.

– C'est pas grave, tu la mettras dans un vase sur la tombe quand elle aura été posée.

Elle comprenait peut-être le sens des symboles mais Christophe trouvait toute cette organisation un peu futile.

À la fin de la cérémonie, chacun était rentré chez soi, chacun s'était dit au revoir, et chacun s'était demandé jusqu'à quand. Le père, un peu plus que les autres, peut-être.

Il y eut le printemps, et il y eut une fête. Les Dugast n'étaient jamais invités aux fêtes, les fêtes étaient des événements, et les événements, ils ne connaissaient pas. Leur vie sociale était spongieuse, un peu moins depuis leur série de suicides, mais elle restait comme un linge accroché à une branche. Paisible et isolée.

La mère reçut un coup de fil d'Ida, la bibliothécaire du village. La choriste.

– Bonjour Ida, comment vas-tu ? Nous, ça va, on fait aller… Une fête ? Une fête de quoi ? Ah ! une fête comme ça, très bien. Écoute, on en parle ensemble et je te rappelle dans la matinée. C'est pas pressé ? Non, bon, alors je te rappelle. Oui, c'est ça, à tout à l'heure.

La proposition avait sonné comme une invitation à échanger. Avec le père et les enfants. En famille. Eux qui ne le faisaient que pour les vrais choix, les choix cruciaux : le bois d'un cercueil, les psaumes qu'il fallait lire devant tout le monde à l'église.

– Dis donc, tu veux aller à une fête demain ? demanda la mère à son mari.

– Oui, pourquoi pas. Ça fera sortir.

– Et vous, les enfants ? Ça vous dit ?

– Chouette ! répondit tout de suite Emma.

Non, merci, se dit Christophe.

Lorsqu'il était avec ses parents, il se sentait encore plus renfermé qu'à l'ordinaire. Comme une espèce de voile, jeté sur tout ce qu'il voulait dire. Mais il finit par répondre oui.

C'était donc décidé : tout le monde irait à la fête. Ça leur changerait les idées. La mort de quelques proches, ça met un petit coup derrière la nuque, malgré tout.

La mère Dugast rappela une poignée de minutes plus tard pour confirmer. Ida avait apparemment suggéré d'apporter une bouteille. Mais ils n'allaient tout de même pas sortir en ville pour en acheter une.

Le jour de la fête, les Dugast apportèrent du Fernet-Branca, c'est tout ce qu'ils avaient à la maison. Il faisait beau, c'était une belle journée d'avril. Pour la saison, le temps était étonnamment doux. Un temps à passer des après-midis entiers entre amis à refaire le monde. Un temps de sourire, couleur glace pilée.

Ils ne s'étaient pas pomponnés, mais la mère avait mis de l'eau de Cologne au chèvrefeuille, celle qu'elle avait reçue pour Noël il y a quoi, deux, trois ans. Elle s'était même maquillé un peu les yeux, « histoire d'être potable ». Christophe le sentait, elle avait une certaine pression à se montrer au monde. Au village, il fallait être impeccable, se montrer bien en sachant qu'on serait bien montré. La mort, ça fait toujours parler. On ne pouvait pas leur enlever, aux Dugast, c'était leur grand succès de société.

En arrivant chez Ida, après quelques minutes de voiture, les Dugast se trouvèrent pris au dépourvu.

Chacun pensait qu'il s'agissait d'une réception en petit comité. Visiblement, et hors de tout contrôle, la réception avait plutôt des airs de garden-party festive dans le jardin. Il fallait dire que la journée s'y prêtait. Tout le village y était, et on sentait bien qu'on était venu pour voir qui serait là ou, pour certains, juste pour voir où Ida vivait avec son mari et leur grande fille. Car si on fêtait quelque chose, c'était leur déménagement. Ida s'était remariée. Quand ils avaient appris la nouvelle, les Dugast n'en avaient pas cru leurs oreilles. « Se remarier ? Quelle idée ! » « Elle était bien avec Patrick, qu'est-ce qui n'allait pas ? On n'a pas idée de chambouler tout comme ça. » « Et les gosses, la vie décousue qu'ils vont avoir. »

Le sourire de la mère qui avançait dans le grand jardin trahissait sa satisfaction d'être ici. Son chemisier un peu transparent laissait voir son soutien-gorge noir. Était-elle sereine ? Non, elle se savait observée. Christophe la suivait, sans but et sans envie. Devant le buffet, il hésita à prendre autre chose qu'un verre de jus de fruits. Il avait beau être presque majeur, boire de l'alcool lui était interdit, et son père le surveillait. Bien sûr la fougue de l'ivresse était tentante, bien sûr le plaisir des bulles de mousseux, bien sûr la folie de l'interdit. Mais siroter une boisson d'enfant était d'une facilité réconfortante.

Chez Ida, le terrain était vaste et verdoyant. Christophe se voyait déjà prendre la fuite à tout jamais, ne revenir que lorsqu'il l'aurait décidé, des années plus tard, seul et bien vivant. Mais il n'avait encore rien prévu.

Dans cette garden-party, tout semblait parfait. Christophe regardait les gens gesticuler en riant, trinquer sans se poser de question. Entre deux observations, il tendit l'oreille. Au loin, le son des oiseaux berçait la demeure d'une jouissive décontraction collective. Une sensation absolument précieuse, qu'il aurait aimé éprouver plus souvent. Le père Dugast tenait la mère par la taille, alors qu'ils discutaient avec un couple du village. Ses gestes étonnaient Christophe. Il les sentait gauches, inhabituels. Encore des codes à la noix pour se donner un genre ! Pour montrer comment ils étaient amoureux, pour faire comme si.

Puis, en se décalant de quelques mètres pour s'accouder à un pot de fleurs, il entendit quelqu'un parler de sa mère :

– Je l'ai jamais vue aussi rayonnante. Elle est maquillée, mais maquillée discret, tu vois, genre classe, genre chic, et lui, il la tient comme au premier jour. Franchement chapeau ! Ils sont classe, ils méritent pas ce qui leur arrive.

Les codes fonctionnent lorsqu'on les maîtrise depuis toujours.

Emma avait retrouvé des amies d'école avec qui elle s'amusait près et hors du bac à sable. Christophe, lui, restait en retrait et continuait de guetter du coin de l'œil son père qui avait lâché la mère et semblait déjà rond de Fernet-Branca. Puis, rapidement, il engagea le regard vers un groupe d'adolescents, improvisant un karaoké à ciel ouvert, auquel il aurait aimé prendre part. Le groupe chantait à tue-tête des tubes connus, qu'il commença à fredonner dans sa tête, incapable de se donner en spectacle devant quelqu'un d'autre que lui. *Je viens du ciel et les étoiles entre elles ne parlent que de toi. Et d'un musicien qui fait jouer ses mains sur un morceau de bois.* Il connaissait tout par cœur. Il faut dire que pour aller dans la grande ville en voiture, les vingt minutes de trajet se passaient sur fond de radio populaire. « Vos plus belles émotions », disait le slogan. Alors adossé au pot de fleurs, il se prenait à lancer des brindilles sonores du bout des lèvres, et à retenir chacune des rimes, des inflexions de voix de la chanson française. *Quand vient la fin de l'été, sur la plage. Il faut alors se quitter, peut-être pour toujours. Oublier cette plage, et nos baisers.*

Il regardait les jeunes s'amuser, s'amusant de ne pas en faire partie. Il remua son gobelet de jus de fruits avec un faux sourire de circonstance, au cas où l'on ait cru qu'il avait envie de participer au karaoké. *Regardez mon sourire, je m'amuse très bien et bien mieux de la place à laquelle je suis assis, je préfère être au spectacle que le donner, rien ne me fait plus plaisir que de ne pas être parmi eux, regardez bien mon sourire que je force le plus naturellement possible.*

Soudain, la concentration de son jeu d'acteur fut perturbée par l'absence de son père ; il n'était plus dans son champ de vision. À lui de jouer ! Il s'avança, vaillant mais discret, près du buffet, en s'assurant que personne ne le regardait. Il s'empara d'un gobelet, le remplit de mousseux et, dans un mouvement plein de dextérité, le vida d'un trait. Picotements, sensation de douleur dans la trachée. Il avait bu trop vite, presque de travers. Mais que c'était bon de se sentir libre ! Il avala des gâteaux apéritifs pour faire passer l'arrière-goût âpre de la boisson.

À présent, en combien de temps l'alcool irait-il dans son corps, et lui ferait effet ? Et puis, quel effet, au fond ? À quoi le reconnaît-on, que l'on est bourré ? Parfois, il ne savait même pas reconnaître quand il était triste. Alors bourré, c'était une autre histoire, longue à mourir.

Soudain, un cri déchira le ciel. Les invités se regardèrent, hagards, décontenancés par un tel hurlement dont on savait, dès la première note, qu'il n'était pas sans intérêt. Une foule compacte se précipita vers la maison. Le mouvement était tel que Christophe ne put s'empêcher, par réflexe ou par manie, de suivre la cohorte d'invités vers la cuisine où se trouvait l'attraction. De loin, il aperçut la lanceuse d'alerte, tablier au cou. C'était Colette, la factrice du village. Il ne la connaissait pas beaucoup, mais elle, l'apercevait depuis sa naissance.

Colette, cheveux courts, bouclés, laqués jusqu'à la racine, était pétrifiée, et son visage luisait. Dans l'agitation, elle s'était mis du gras de viande sur toute la figure. Elle était en train de retirer la ficelle du rôti, avant de le présenter sur la table du buffet. Ce qui l'avait arrêtée, c'était la lame du couteau électrique sur l'avant-bras du père Dugast.

La voix de Colette chevrotait. Elle avait eu l'idée – bonne au demeurant – de se jeter sur la prise et de débrancher l'appareil. Elle était désormais amorphe, adossée au plan de travail comme si elle venait de combattre, la main sur le cœur. De ce qu'il pouvait voir, son père était allongé sur le carrelage, le membre à demi coupé. Il baignait dans son sang. Il se dévissait le ventre dans une gesticulation de douleur insupportable à voir et à décrire. Christophe voulait s'avancer davantage, arguant qu'il était le fils, mais on lui refusa l'entrée. On le poussa même en arrière. Devant lui, un invité hurla :

– Michel Dugast s'est coupé le bras, c'est horrible, ne regardez pas !

Christophe prit une grande inspiration.

Le chaos absolu en pleine action.

Ida appela les secours et barricada la pièce. Mais derrière la porte, tout le monde voulait savoir ce qui s'était réellement passé, tout le monde voulait voir ce qu'il fallait voir, tout le monde voulait mastiquer le prochain ragot. Tout le monde jubilait d'être là où il fallait être.

Christophe entendait la fureur, les cris horrifiés de sa mère qui beuglait des « Oh non ! », des « Oh là là », des « Pourquoi nous, Seigneur ? ». Il était pétrifié.

Tout le monde était au bord d'un petit quelque chose, et la fête était finie.

Au père Dugast, on avait amputé le bras droit. Il allait devoir pactiser avec le diable, se servir de sa main gauche pour manger, écrire. Christophe se dit que c'était bien fait pour lui. Que s'il ne craignait pas autant son père, il lui retirerait la fourchette de la main gauche à chaque repas pour la placer à droite de son assiette, comme il le faisait salement avec Emma. À force de tout réfuter, la vie avait fini par lui donner tort, enfin. Un faisceau d'arguments qui convergeaient peut-être pour le punir. À le faire pour tous ceux qui, comme Christophe, n'osaient pas ouvrir la bouche. Il se disait aussi que le Seigneur n'existait pas. Ou, s'il existait, il n'avait rien à faire d'une histoire comme la sienne, et n'était pas celui que sa famille prétendait qu'il était : la bonté incarnée, la charité ordonnée, le don de soi sans retour. Il ne semblait pas se soucier d'eux lorsqu'ils l'imploraient, alors pourquoi continuait-il de les punir ?

Quelques semaines plus tard, le calme semblait être revenu. Christophe et Emma jouaient à un jeu de tactique. Christophe adorait ça, mener sa petite barque intérieure pour faire plier l'autre. Avec Emma, il avait trouvé l'adversaire parfaite, puisque celle-ci jouait pour jouer, sans réellement saisir les enjeux d'un tel dispositif. Mais pour lui, ce genre de supports s'imposait comme le terre-plein central d'où jaillissait toute sa belle ingéniosité. En pleine partie, dans l'embrasure de la porte, il entendait le bruit de fond cathodique. Tout à coup, une conversation entre ses parents vint le masquer, attirant l'attention collective. Il stoppa net le jeu et s'approcha de la porte en tendant l'oreille :

– Michel, il va falloir qu'on discute, dit sa mère à son père. Maintenant que t'es sorti, tu vois où on en est ? J'ai besoin de savoir, de saisir un peu les choses, la… la malédiction. Qu'est-ce qui a déraillé dans ton cerveau pour que tu t'entiches du couteau électrique ? Hein ? Tu peux me le dire ?

Le ton de sa mère, se dit Christophe, était trop emporté, pas assez posé. C'était sûr, elle allait le braquer.

– Je… honnêtement, je sais plus trop, plus rien n'est très cohérent là je t'avoue, dit le père, pataud.

– Essaie, cherche, répondit la mère pédagogue.

– Et ben… je me revois, couper le jambon à l'os, bien dodu. Ah ça, je me souviens, oui, je peux encore le sentir même…

– Abrège !

– Je revois le gras suinter sous mes doigts, le rosé tendre de la chair…

– Abrège !

Intérieurement, Christophe riait. Sa famille était maudite, mais elle restait dans le giron des fins gourmets.

– Abrège, abrège, t'es marrante, toi ! Je te dis ce qui me vient ! s'agaça le père.

– Et après, c'était quoi ? Une maladresse ? Une décision ? Un acte réfléchi ? C'était quoi ?

Un temps.

– Je sais pas. Je sais vraiment pas, c'est hors de ma portée. Je me suis même évanoui, je crois, non ?

– Oui, oui, bon. Et quoi d'autre ?

– Je sais pas, j'arrive pas à me souvenir, c'est marrant. Je suis juste incapable de dire les choses comme elles se sont présentées.

La mémoire de son père avait pris les souvenirs et en avait fait un feu de sarments.

Résignée, Emma avait compris que Christophe n'avait plus le cœur à poursuivre la partie et entreprit de ranger la boîte de jeu. La mort était une petite rusée. Il fallait simplement se réjouir, du moins constater, qu'elle avait failli cette fois-ci, et qu'une pointe d'espoir était permise. De quoi trouver la réparation. Oui, elle n'avait pas réussi à aller jusqu'au bout, la saloparde. Ce loupé allait-il marquer la fin de la malédiction familiale ?

Chaque été, Christophe jouissait d'un événement qui absolvait sa vie de ne pas lui permettre de partir en vacances. Chaque été, il y avait son anniversaire. Mais chaque été ne portait pas en lui ses dix-huit ans. La transition fondante avec leurs péripéties n'avait pas autorisé les parents Dugast à lui organiser une fête digne de ce nom. Après tout, qui auraient-ils pu inviter ?

Christophe n'en avait que pour la majorité qu'il venait d'acquérir. Une émotion plurielle, un sentiment abusif, qui lui permettait de se réjouir pour rien d'autre que lui-même. À lui la liberté, à lui le permis de conduire, à lui la vie. La gageure était d'être vivant et d'en profiter. Ce jour était heureux, à faire oublier les mésaventures croquignolesques de ces derniers mois. La famille Dugast se trouvait dans le salon, debout autour de la table. La télévision exhibait des clips de filles en maillot de bain, sur des airs de mandoline et de tam-tam. Il y avait une bonne ambiance. Presque festive. Comme un décor de cinéma abandonné, que l'on retrouve l'année d'après pour tourner la suite de la trilogie.

Le père Dugast se rendit dans la cuisine, s'empara d'un verre d'eau, et goba une pilule. Désormais, il était condamné à se bourrer de médicaments pour le restant de ses jours. Finalement, ils étaient bien, tous les quatre, la vie semblait flotter tranquillement. Une promesse de promesses, une médaille pour l'avenir heureux. Ça n'était peut-être plus la peine de s'affoler, se dit Christophe. L'épisode du bras, quelques mois auparavant, avait peut-être marqué la fin de quelque chose. Peut-être qu'en se ratant, son père avait réussi à soulager tout le monde. Christophe s'assit sur une chaise. Le visage dans les mains, il avait cette façon de ne pas vouloir se montrer. Pourtant, dans une chorégraphie pénible, sa mère demanda son attention.

– Bon, on a quelque chose à te dire.

Emma s'approcha en sautillant. Christophe leva la tête.

– Aujourd'hui, on te gâte.

– Vous me gâtez ? dit Christophe, inquiet.

– Parfaitement. On va…

– Au restaurant ! hurla Emma, surexcitée d'annoncer la nouvelle avant tout le monde.

– Au restaurant ? dit Christophe, pris au piège par l'esprit de fête.

– Et on viendra ici manger le dessert, j'ai fait un bon gâteau.

Et merde.

Après le déjeuner d'anniversaire – qui s'était pas révélé pas si désagréable que cela – dans le restaurant d'une zone industrielle colonisée par l'aluminium, les Dugast rentrèrent chez eux manger le dessert. La vie semblait reprendre son cours ordinaire, dénuée de force vive. Et l'envie de fuir devenait pour Christophe un souvenir de plus en plus lointain.

Son père ferma le frigo et, de sa main unique, porta le gâteau aux marrons bien luisant sur la table centrale. Il tentait tant bien que mal de se saisir du couteau pour découper des tranches, quand Christophe le lui prit des mains :

– Enfin, tu vois bien que tu vas faire de la charpie ! Laisse-moi faire.

– Tu veux pas qu'on mette des bougies d'abord ? Attends ! lui cria sa mère.

Elle sortit un paquet de bougies et en déposa quinze sur le cake aux marrons. Quinze, car il n'y en avait pas dix-huit. Christophe se baissa et une mèche de cheveux vint racler la toile cirée.

– Attention ! Lève ta tête ! dit sa mère. On aurait mieux fait de te prendre un rendez-vous au coiffeur plutôt qu'un restaurant. Allez, fais attention, mais souffle maintenant. T'oublies pas le vœu, hein, en plus c'est celui de la majorité, il doit être bien celui-là normalement.

Et pendant qu'il soufflait ses quinze bougies, Christophe fit le vœu d'une vie que l'on s'imagine. Que la malédiction les oublie à tout jamais. Ou peut-être pas. Puis, sa mère retira une à une les bougies, et coupa de fines tranches de gâteau. En le goûtant, Christophe se dit que décidément, même sec et infâme, ce cake avait un bon goût de soulagement.

Quand vinrent les cadeaux, il était assis dans le canapé, les yeux fermés comme on le lui avait ordonné.

– C'est bon, tu peux ouvrir les yeux, dit Emma.

Christophe découvrit avec stupeur le meuble de métier qu'il désirait tant, celui qui appartenait à son grand-père et dont il n'avait pas hérité.

– Ça habillera mieux ta chambre comme ça, dit sa mère.

Christophe n'en revenait pas. Il remercia ses parents avec une certaine fougue, mais ces derniers n'avaient pas fini avec les cadeaux.

– Ouvre les tiroirs.

Christophe ouvrit le premier tiroir et découvrit un portefeuille en simili cuir noir à l'intérieur duquel avait été glissée une photo d'eux quatre. Quelle douce attention. Délicate, émouvante, même. Il peinait à rattraper les larmes au fond de ses yeux. Les méritait-il, tous ces cadeaux ?

– Ouvre le deuxième.

Dans le deuxième tiroir, une gourmette en or.

– Comme t'avais perdu celle de ta communion, ça t'en fait une nouvelle, dit sa mère.

– Merci, mais… enfin, c'est trop.

– On n'a pas tous les jours dix-huit ans, mon fils.

– J'ouvre le troisième alors ?

– Oui.

Dans le troisième, symbole des symboles, un « bon pour une demande de passeport », rédigé de la main de sa mère sur une feuille volante à paillettes. Christophe se sentit béni. Il remercia comme il le put ses parents, embrassa sa sœur et se tut. Plus personne ne disait rien. Que pouvait-on dire après une telle extase familiale ?

Plus tard, alors qu'il contemplait son nouveau meuble, Christophe distingua dans un tiroir une inscription marquée au crayon à papier. Une date. Elle témoignait sans doute de la vie qu'avait eu son grand-père avec cet objet. Peut-être était-ce la date à laquelle il l'avait acquis ? Une nouvelle fois, il eut cette impression qu'il était chanceux, oui, très chanceux d'hériter de ce que l'autre n'avait pas voulu lui léguer. Il ne l'avait pas volé.

Pendant que sa mère et sa sœur regardaient la télévision sur le canapé, Christophe décida de sortir profiter de l'air tiédi de la fin d'après-midi. Il contourna la maison, comme pour se donner un but et laissa sa main effleurer le crépi des murs. La sensation raboteuse se répercuta dans tout son corps, depuis ses phalanges. Comme une petite cloche dont le son résonnerait très loin. Dans le fond du jardin, adossé au mur, face au tuyau d'arrosage, son manchot de paternel fumait une cigarette. Un grand verre de Fernet-Branca posé à ses pieds. En cachette. Tous deux furent surpris de se voir, mais le père ne lâcha pas son mégot, abrité par l'ombre du prunier.

– Tu fumes ? s'étonna Christophe.

– Non, non. Enfin, là, oui, mais je fume pas d'habitude. Et j'ai une miniature de parfum dans la poche. T'es content de tes cadeaux ?

– Ah ? Oui, oui, très content. Je savais pas que t'avais des cigarettes à la maison.

– Je l'ai trouvée dans le meuble de Pépé. Il me l'a filé à moi, mais je l'avais même pas ouvert depuis. Je savais que tu le voulais.

Un temps.

– Et... Tu crois que je peux fumer avec toi ? demanda Christophe. J'ai jamais essayé.

– Fumer une clope ? T'es pas fou ?!

– Allez, juste une, c'est mon anniversaire. Je suis majeur, hein, je peux aller m'en acheter si je veux.

– Non, non, c'est pas une raison, t'es trop jeune. J'vais pas te foutre là-dedans en plus, non. Non.

– S'teuplaît, juste une bouchée pour voir !

– Une bouchée ? Une *bouffée*, tu veux dire ?

Il finit par lui tendre la cigarette.

– Tiens, une taffe et c'est tout. Une taffe et tu recraches. Voilà, c'est bon.

– Attends, dit Christophe. J'ai crapoté, j'ai mal fait.

– Non, non, c'est bon là, oh ! Ça va.

– Allez, redonne, j'ai mal fait !

Il lui tendit à nouveau. Christophe inspira et, aussitôt, suffoqua comme on avale de travers.

– Punaise, c'est horrible ! C'est dégueu !

– Bien fait, tiens, plaisanta son père. T'avais qu'à pas vouloir faire le grand, ça t'apprendra.

Blessé dans son orgueil, Christophe rétorqua :

– Non, en fait, ça va, c'est juste la première goul… bouch… ffée qui est compliquée, il paraît.

– Quoi il paraît ? Qui t'as dit ça ?

– J'entends les gens, moi. Je suis au lycée, hein, pas en maternelle.

– Eh oui… répondit son père pensif. C'est vrai qu'on a tendance à l'oublier parfois. T'es plus le petit Cricri des débuts. Enfin… C'est la vie. J'espère que t'iras loin, enfin, plus loin que… enfin t'as compris quoi.

Christophe avait compris. Peut-être que la mort était une bonne façon d'écrire leur histoire, l'histoire de leurs liens robustes, mais sans cesse effilochés.

Le pas chaloupé, son père se dirigea vers le hamac, « s'allonger cinq minutes », et Christophe rentra dans la maison. C'était la première fois qu'il partageait une telle complicité avec lui depuis bien longtemps. À présent, tous les ennuis semblaient bien loin. Tout était en ordre, le cercle proche était intact. À un bras près.

– Christophe, tu pourrais peut-être récupérer le meuble pour le mettre dans ta chambre, non ? lui demanda sa mère alors qu'il ordonnait son nouveau portefeuille. Il va pas rester au milieu du salon indéfiniment.

Décidément, même le jour de son anniversaire, il se faisait houspiller. Le goût de la vie était intact.

– Oui, mais il est lourd, répondit-il.

– Demande à ton père de t'aider.

– Il dort dans le hamac !

– Mais non, il dort pas, il somnole, comme d'hab ! Viens avec moi, on va le réveiller, ça sera fait.

Christophe était agacé de devoir faire ça maintenant. Quel intérêt de retourner dans le jardin pour réveiller son père ? Tout ça pour déplacer un pauvre meuble.

En sortant, Christophe eut l'impression d'un souffle au ventre. Il ne pensait plus à rien, ne pouvait pas se résoudre à comprendre ce qu'il voyait. À côté de lui, dans l'allée de graviers, sa mère se mit à hurler. Sur le hamac, son père était inerte, sa solide moustache bercée par la brise. Christophe ne parvint pas à ouvrir la bouche. Au même étage de lui-même. La mort était devant lui, devant eux, le vent d'ouest et des wagons d'horreur à ses côtés. La sieste avait eu raison de Michel Dugast, au même titre que les plaquettes de pilules, planquées contre sa ceinture.

– Marre, marre, marre ! C'est pas possible, non, non, c'est pas possible ! dit sa mère. Je perds tout, je n'ai plus rien. C'est quoi ça ? C'est pas la vie, c'est rien, c'est de la merde !

Elle était en pleurs et Christophe ne comprenait qu'une chose : qu'il n'avait plus rien pour lui, plus rien à lui, sinon la fuite, rance et porteuse. Que tout tournait de la même manière depuis le début.

Il observait son père, gros macchabée moustachu, statique comme un champ gelé. Et les jérémiades maternelles continuaient à résonner en bruit de fond :

– Qu'est-ce qui a bien pu arriver à cette famille de merde pour qu'on ait à subir ça ? On n'a rien fait, on n'est personne, merde, lâchez-nous, lâchez-moi.

Christophe l'écoutait. Perdu dans un magma de pensées engourdies. Un carcan hyperoxydé.

Machinalement, il apposa une main sur son crâne, comme pour se rassurer, en regardant le hamac. Un geste substantiel qui nourrissait toutes les peurs ; mais si seulement il avait peur. Il pensait n'importe comment. Anniversaire, pas anniversaire, il ne pouvait que constater que l'oppression de tout, depuis toujours, était en train de se valider. La mort avait cette façon houleuse de, sans cesse, retomber sur ses pieds. Et les secondes pesaient comme des tonnes. Le cours d'un insupportable été.

Il avait pris sa décision. Il partirait, après l'enterrement. À Paris. Chez Suzelle Capoulade, dont il attendait tout, peut-être trop. Il partirait, et il le répéterait inlassablement dans son esprit jusqu'à le faire vraiment.

Deuxième partie

Pour en finir

En ce bel après-midi d'été, l'esprit saturé, Christophe pensait juste faire le bon choix. Il n'avait pas de place pour les regrets. Encore moins pour les au revoir. C'était son occasion. Il ne voulait ni mourir ni se faire mourir, et cette famille ne représentait plus rien d'autre. Il ne savait pas s'il reviendrait, et l'idée de laisser le passé en plan le froissait. Mais il y penserait plus tard. À son père, aussi. Le temps n'était pas au deuil, pas à la nostalgie du petit enfant qu'il abritait encore. Pour qu'un nouveau monde surgisse, l'ancien doit s'évanouir. Le cœur battant, il était tout à son idée.

Après l'enterrement, la mère et la fille Dugast s'étaient enfermées dans leur chambre respective. Désormais, seuls les repas allaient délimiter le temps et la connivence, Christophe le savait par expérience. Son sac était prêt et tout le monde était indisposé à la vie. Il pleurait, pour tout, beaucoup, et sans bruit. Ce moment était son portrait le plus intime. *Papa est mort, la vie est finie, la vie doit recommencer. La mort doit être désactivée. Chacun sa merde, chacun sa route.* La sienne allait bifurquer aujourd'hui. Il n'avait pris ni sa valise, trop volumineuse, trop bruyante, ni son sac à dos, pas assez grand pour tout ce qu'il aurait aimé y mettre. Juste deux sacs de courses mis l'un dans l'autre, au cas où l'un des deux craque. Il pourrait ainsi s'assurer une certaine discrétion s'il croisait quelqu'un du village. Et puis sa mère lui avait toujours appris à faire ça. Lorsqu'on porte quelque chose de lourd, on double le sac.

En préparant ses affaires, il était tombé sur son chapelet, qu'il avait décidé, sans réfléchir, d'emporter. Comme si le Seigneur l'avait choisi pour l'accompagner dans son voyage jusqu'à Paris. Peut-être était-il encore porteur d'espoir. Peut-être Christophe continuait-il à croire. Peut-être allait-il prier, encore.

En silence, il sortit de sa chambre, traversa le salon puis la cuisine d'un pas cauteleux et un peu amer. Il espérait de tout cœur que le sommeil rongeait la conscience de sa mère et de sa sœur. Histoire d'être le plus invisible possible. Il jeta un dernier regard autour de lui, la gorge serrée. Il ne déplorait rien, aucun instant de vie passé dans cet endroit. Cette maison marquait son appartenance à une communauté d'idées, à une caste rurale et, furieusement, à cette famille dont il n'avait, au fond, jamais voulu faire partie. Il pensait aussi à tout ce que ses parents avaient projeté en lui : reprendre les vignes, garder la maison de famille, ne sortir de rien, sauf de soi. Ce départ, cette fuite de la mort, était avant tout ce qu'il comprenait dans l'idée de l'émancipation adolescente. L'existence lui était toujours parue terne lorsqu'il comparait la sienne à celle des autres. À présent, elle allait être kaléidoscopique, à s'en faire tourner la tête.

Sur le guéridon de l'entrée, il essaya de regarder une énième fois le répertoire de sa mère. À la lettre C, une adresse mais pas de numéro. Suzelle allait être surprise d'accueillir un inconnu chez elle. Debout sur un seul pied, il enfila ses baskets blanches, ses préférées. C'était aussi les plus confortables en cas de longues marches. Il avait cru savoir que Paris était une très grande ville, bien plus que la grande ville près de laquelle il avait vécu toute sa vie, et près de laquelle il vivait encore. Combien de fois son village Paris pouvait-elle bien faire ? En y pensant, Christophe s'avança dans l'allée, les graviers crissaient. Il s'efforça de les éviter au maximum, le sac de courses doublé autour du poignet, la démarche féline. Et puis le portail, la main sur le portail en fer forgé qu'ils venaient de changer l'année d'avant. Un beau portail électrique bien à la mode et bien pratique. Le portail, et puis la route.

Droit devant, la gare était à une bonne heure de marche. Il n'avait pas regardé les horaires, à quoi bon quand on est libre, à quoi quand on ne sait pas. Sur le sentier qui l'avait vu grandir, il se sentait perdu, comme étourdi après une grosse pluie. À perte de vue, les vignes, les collines, les siennes, celles qu'il connaissait mieux que n'importe qui. C'était comme si la terre grondait sous ses pieds. Elle lui réclamait de rester. Reste, et ça gronde. Ça grondait furieux. À front renversé, il se retourna pour contempler la maison qui s'éloignait peu à peu. Chaque pas était une avancée vers le nouveau monde. Celui qui le laisserait en vie, fier et détaché. Son avenir, il se jouait dans ces pas, lui, le rescapé du sentiment d'arbitrage.

Il aurait pu verser une larme à la pensée de Wanda à qui il n'avait pas daigné dire au revoir. Sa confidente, son petit jardin, celle dont il était l'ami. Mais cette fuite était aussi celle d'un faux-fuyant, incapable de gérer les adieux. Le trajet se passa dans les larmes et la conviction intime qu'il ne savait pas ce qu'il faisait. Mais après tout, lorsqu'on prend une décision, sait-on vraiment ce qu'elle vaut ? Et puis la tristesse ne dure jamais toujours.

Dans cette atmosphère âpre, Christophe atteignit peu à peu son but : la gare de la grande ville. La grande ville de deux mille cinq cents habitants. Ça allait leur faire drôle à ses nouveaux amis parisiens lorsqu'il leur dirait. En attendant, le stress montait en fusée, il allait devoir trouver un train avec pour seul argent celui qu'il économisait depuis un Noël et demi. Ses yeux se retournaient en boule, son champ de vision se rétrécissait, il se sentait proche de l'évanouissement. Vertigineuse, la sensation de se déraciner sans autorisation. Maître de son temps. Il avait intérêt d'y échapper. À cette mort. À cette vie cloisonnée. Mais à quoi allait ressembler le petit horizon de sa mère ? Et Emma ? Allaient-elles s'en sortir ? À cette pensée, un flot de larmes coula de nouveau. Qu'allaient-elles devenir toutes les deux, sans lui ? Il sortit son chapelet de son sac et le plaça dans la poche de son manteau. En marchant, il pourrait désormais se rassurer en le touchant. Il essuya ses joues en vitesse avec son mouchoir brodé et l'impression féconde de transgresser les règles communes.

Le hall de la gare représentait tout ce qui le faisait rêver et tout ce qui l'effrayait. La combinaison du collectif et de l'individuel, de l'évasion et du cloisonnement. Le prochain train pour Lyon était dans une heure. De là, il prendrait un TGV en correspondance pour Paris. Tout semblait si simple, mais Christophe ne s'était jamais senti à ce point perdu. Il se rendit au guichet pour acheter un billet, les bornes libre-service n'inspiraient pas les néophytes comme lui. Il avait anticipé et sortit son enveloppe de billets de son sac. Il tendit cinquante euros au guichet, on lui en rendit une quarantaine. Lyon était désormais à portée de main.

Dans cette vaste poche qu'était la gare, les gens paraissaient apaisés, même les enfants qui pleuraient n'étaient pas en panique. Christophe se bourrait d'espoir pour ne pas s'enfoncer. Pendant un temps, il s'assit sur un rebord en aluminium et observa les voyageurs aller, venir, mener leur petit monde comme bon leur semblait. Il était un inconnu et tout pouvait arriver. Pour lui, la gare était le lieu des hasards par excellence, et une rencontre aurait suffi à tout changer. Comme dans les romans. « Tiens, vous avez un chien ? Moi aussi ! Rencontrons-nous, ils ont l'air de bien s'entendre. » « Tiens, bonjour, vous cherchez l'heure ? Regardez donc ma montre. » « Oh, nous sommes sur la même voie et nous portons tous les deux du rouge, quel heureux hasard ! Passons notre existence ensemble. »

Noyé dans l'agitation du lieu, Christophe se remémora comment s'étaient rencontrés ses parents. Dans les vignes, lors des vendanges. « Ah ! Tiens, nous vendangeons ensemble ? Marions-nous. » Ce souvenir le fit rire, mais au village, chez les Dugast, la réalité n'était pas si loin. On se mariait si on pouvait, souvent par logique, rarement par contrainte, toujours par habitude. Les sentiments n'avaient pas toujours leur place dans ce type de relations. Ses parents s'étaient rencontrés au mauvais moment et ils avaient décidé que ça serait le bon. Ils avaient même fait de ce moment leur métier. Jusqu'à l'écœurement, indispensable lorsqu'on fait ce que l'on croit être fait pour soi. Une forme d'amour était malgré tout née entre les ceps, sans fureur ni compromis.

La gare s'ouvrait sur deux voies principales, à ciel ouvert. De façon assez logique, mais non moins débrouillarde, Christophe leva le menton vers le tableau d'affichage. Son train était à l'heure, voie A, juste en face. Il n'avait qu'à sortir du hall. Par prudence, il s'y rendit sur le champ, un train est si vite loupé, paraît-il.

Au loin, l'énorme chaudron de ferraille avançait sur les rails. Une espèce de brioche bleue, un TER, dont Christophe s'était toujours demandé à quoi ressemblait l'intérieur. Était-ce luxueux ? Y avait-il des chariots de gourmandises qui passaient entre les sièges ? L'expérience se révéla décevante, mais le stimuli de découvrir un nouveau temps, celui du voyage, avait tout surpassé. Blotti contre la vitre, son cœur battait jusque dans son ventre. Il doutait des possibilités que la vie allait lui offrir. Puis il se ravisa ; cette réflexion était ingrate.

Assis sur son siège violet, il baignait dans un état de disponibilité totale. Il observa l'intérieur du wagon. *Ils auraient pu opter pour une autre couleur.* Son sens du beau était intact. Très dans sa manière, il avait juste envie de regarder le paysage et de profiter de cette évasion de la volière familiale. Mais après dix minutes, le paysage le lassa, l'enchaînement granulaire de tunnels n'était pas le plus agréable. Il entreprit de se plonger dans l'un des deux livres qu'il avait emporté avec lui.

Molloy, Beckett. Christophe avait ce complexe de ne pas connaître ni comprendre ce roman, celui-là comme beaucoup d'autres. Un complexe si gros, si vaste qu'il voulait à tout prix apprendre à aimer ce livre. Il lui semblait même parfois que son esprit était né de ce dramaturge.

Arrivé à Lyon, il fallait changer de train, mais Christophe n'avait aucune idée de l'endroit où acheter un billet pour Paris. Or c'était là, le vrai moment, le vrai TGV, le trajet d'une fois. La géographie de la gare était telle que les guichets étaient indiqués avec une précision relative. Il en trouva finalement un. « Paris gare de Lyon, dans quarante-cinq minutes, vous ne pouvez pas vous tromper, c'est voie A, la première en sortant. » Il ignorait qu'il aurait pu prendre ses deux billets en une seule fois, mais ça n'était pas grave, il y arrivait, il arrivait à tout. Finalement, la vie n'était pas si complexe à manier.

Dans le TGV à deux étages en partance pour Paris, un flot d'informations vint lui titiller les oreilles. Un wagon bar dédié à la restauration, des places côte à côte, des carrés familiaux, des sièges qui s'abaissent à la demande, autant de dérivatifs qui auraient pu à eux seuls distraire les deux heures du trajet. Personne ne prêta attention à lui. Personne n'était au courant que c'était son premier périple d'adulte. Sans le savoir, il avait réservé un siège côté fenêtre. Il posa sa tête contre la vitre, s'abrutissant de pensées intraduisibles, et le train démarra. Au fil des minutes, le sommeil commença à le gagner, bercé par le vrombissement statique des rails. Mais il tenait bon, il profitait du paysage stérile, blondi par l'été. C'était fou, en vingt minutes, il avait déjà presque parcouru la France entière. Une croyance imputable à sa jeunesse, plutôt qu'à son isolement. C'était fou, ce que le train filait. Dehors, il aurait déjà perdu tous ses cheveux. À la pensée de cette image, ses dents les plus visibles, celles qui se chevauchaient, les nids à mocheté, apparurent entre ses lèvres. Le soleil allait bientôt s'accroupir derrière les collines, Christophe avait si peur de l'agonie de s'adapter. Il aurait peut-être dû dormir. Cet été promettait d'être sans fin, pour une saison sans commencement.

Paris, gare de Lyon. Ses jambes étaient des allumettes. Quelque chose de tourbé dormait en lui. Le monde des réclames, des interactions, des inconnus, de la nouveauté, de la joie, du fou rire. Tout cela pullulait autour. Ce panaché de populace lui apportait pourtant la sensation d'être débarrassé de quelque chose. Aussi, il cartographia le parvis de la gare, le sourire froid, car la journée faisait peser un poids insoutenable sur ses épaules. La topographie des grands espaces n'était pas encore son dada.

Depuis plusieurs pincées de minutes, il observait son nouvel environnement. Fulgurant constat de trouver les gens extraordinaires. Trop beaux, trop vifs, trop collés, trop tout. Pas des kystes de campagne. Christophe avait le sentiment que la vie s'étirait bien trop loin pour lui, loin de l'hostilité du village. Il était, à cet instant-là, une Cendrillon de soleil ébaubie par la ville. Si grande, si toute à lui. À cette idée, il sourit, avec la petite pointe d'impatience qui caractérise les voyageurs téméraires collés à la vitesse du monde.

20 heures. Il allait se faire tard. On ne débarque pas chez les gens comme ça. Mais il n'avait d'autre choix que d'aller chez Suzelle maintenant. Dans sa poche, il tâtait son chapelet. Au cas où il se mette à vraiment croire. La science de l'évasion avait ses codes qu'il ne connaissait pas.

Dans la file des taxis devant la gare, celui qui l'eût observé de plus près aurait été étonné de voir un jeune homme gesticuler discrètement des yeux. En festival de doutes. C'était ça ici, faire tout très vite et pas toujours très bien. Une belle agitation, une façon de se déplacer dans l'existence qui le surprenait sans le décevoir. Arrivé au 110 de la rue Dancourt, il paya au taxi une somme dont le montant dépassait tout ce qu'il aurait pu imaginer pour un trajet dans la même ville. Puis il se posta devant la porte verte de l'immeuble de Suzelle qui n'attendait rien de lui, mais dont lui attendait quasiment tout pour fuir la mort correctement. Il n'avait pas le code, pas l'étage et pas le courage de crier en pleine rue, tête renversée, alors que le soir allait tomber. Par réflexe, il tenta de pousser la porte. Fermée. Quelques instants plus tard, un Parisien, sortant de l'immeuble, l'ouvrit en grand, gouffre béant de paradis. Christophe avait eu le temps de répéter l'attitude la plus naturelle à adopter si cette situation devait se présenter. Il fit un pas ferme vers la porte comme s'il allait entrer chez lui. Un « bonsoir Monsieur », un peu cabotin, un « bonsoir jeune homme », le regard interrogatif, et le voici dans le hall de l'immeuble, perclus de fatigue.

Il scruta les noms inscrits sur les boîtes aux lettres puis tout alla très vite. Il découvrit par la même occasion l'agencement d'un voisinage en immeuble, ces boîtes assemblées les unes dans les autres, cet amas de ferraille qui constituait peu ou prou l'étendue de vie qu'abritait le 110 de la rue Dancourt. Les uns au-dessus des autres, à côté de soi, autour et partout. Il s'imaginait un quotidien de dévot parisien, confit dans le plaisir, il les sentait déjà, les joies de la vanité, de la paresse intellectuelle et du mouron social. Une routine à la parisienne, quoi. Suzelle Capoulade habitait-elle encore là ? Lorsqu'il lut son nom sur la boîte aux lettres, Christophe n'en douta plus. Étrange sensation que de ne plus douter. La lancée du monde était enclenchée.

Suzelle vivait au dernier étage, c'était écrit, et Christophe espéra qu'elle ne résidait pas dans une chambre de bonne. Effrayé par l'ascenseur, une panne est si vite arrivée, sac de courses en main, prêt à l'ascension, il grimpa les six étages à pied. Sur le palier, deux portes, mais aucune ne portait de nom. Il se décida à frapper à la porte de droite, comme ça, ni par superstition ni par préférence, juste comme ça. Le hasard faisant parfois bien les choses, Suzelle lui ouvrit. Il la reconnut tout de suite, comme si personne n'avait la peau mate ailleurs que sur ce palier.

– Vous êtes Suzelle, j'imagine.

– Oui, qu'est-ce que vous voulez ?

Suzelle se tenait là. Tout ce que Christophe voulait voir, mais rien de ce qu'il s'était figuré. Une dadame pleine d'élégance et de boursouflures, vêtue d'une longue robe de chambre de soie fleurie, les traits marqués, tenant dans sa main gauche un verre d'alcool bien rempli.

– Ma mère a été amie avec vous. Dugast, ça vous dit quelque chose ?

– Et comment, mon chéri, que ça me dit quelque chose !

Alors Christophe lui demanda ce qu'il pensait ne jamais pouvoir demander un jour :

– Est-ce que je peux entrer ?

Qu'est-ce qui lui avait pris d'oser comme ça ?

La femme, visiblement déjà attaquée par la liqueur, le regarda de bas en haut et, après une légère hésitation, dit :

– Entre, tu vas m'expliquer ce que tu veux.

Suzelle l'avait instinctivement tutoyé, probablement grisée par l'histoire avec sa mère. Christophe n'y voyait pas d'inconvénient, il était habitué à tutoyer tout le monde au village, pourquoi cela changerait ici ? Les coutumes sont les mêmes partout. Suzelle empoigna le bras de Christophe et l'entraîna dans cet appartement qui ressemblait à toutes les superficies du monde, mais certainement pas à celle d'une chambre de bonne. Immense et grandiose. Au loin, la nuit tombant peu à peu, Christophe apercevait le Sacré-Cœur par les grandes baies vitrées, baigné dans le bleu sombre parisien. Dans le salon, il remarqua qu'aucun plafonnier n'était allumé ; seules quelques lampes aux abat-jour bariolés, posées çà et là dans la pièce diffusaient une lumière tamisée, un peu jaune et délicieusement inhabituelle. Voilà, c'était ça, le logement des autres. Un objet de fascination, un chant de couleurs infinies. Sur l'un des deux canapés de cuir, enfoncé dans les coussins, un homme assez jeune était assis, un verre d'amaretto à la main. Il lisait, et grignotait quelques biscuits apéritifs en silence. Surpris, Christophe eut un petit mouvement de recul.

– T'en fais pas mon grand, dit Suzelle. C'est Hans, un petit mec qui loge ici. À l'époque, il était garçon coiffeur et maintenant, il est garçon pour moi.

Hans était un blondinet aérien, aux traits de félin, le nez fin et la mâchoire carrée. Ses muscles saillaient discrètement sous sa chemise à carreaux, si bien que Christophe détourna le regard, de peur d'être intrigué par tant d'informations visuelles. Hans semblait serein, pas méchant, mais il ne lui prêtait pas la moindre attention. Il se contentait de poursuivre la lecture. Suzelle avait manifestement de l'argent, mais Christophe était gêné, il n'avait rien apporté, il s'en excusa.

– Pour quoi faire ? lui répondit Suzelle. J'ai trop de choses, on n'en aurait rien fait, et puis t'es tout jeune, t'as pas d'argent, garde tes sous.

Elle était pleine de mansuétude, et Christophe était bien fier de sa première audace. Elle l'invita à s'asseoir dans le second canapé et lui servit un verre d'amaretto.

– T'aimes ça, l'amaretto ?

Il ne savait pas, il n'avait pas le droit de boire à la maison.

– Elle te fait pas boire ta mère ? Pourtant on n'était pas les dernières à Vichy. En cachette, hop, derrière la cravate !

Christophe, qui n'avait vu que très rarement sa mère boire, sourit de gêne et but son verre comme un laitage, écrasé entre ses doigts. Le bon goût d'amande de l'alcool nappait son fond de gorge. Une gourmandise. Les bras repliés, il n'avait pas grand-chose à dire, il n'était ici que pour le logis. Mais faire « comme si » lui faisait du bien. Comme un pont tendu vers une vie rêvée.

– Je l'aimais bien, ta mère, dit Suzelle en s'installant sur un fauteuil. Malgré l'absence, la distance et le temps, j'en garde un souvenir… Oh ! un souvenir mémorable.

Christophe se mit à rire. Il imaginait sa mère en pleine débauche.

– Pourquoi tu te marres ? dit Suzelle. C'était une de mes dernières amies, figure-toi. Le reste, c'est de la merde.

– Et vous, enfin vous… Vous êtes arrivée comment ici ? Dans ce grand appartement ?

– Moi ? Hum, t'es mignon. J'ai emménagé ici grâce à mon premier mari, ce con. Après le divorce, j'ai réussi à conserver l'appartement. Un parmi tous ceux qu'il avait, l'enflure.

– Ah oui, dis donc.

– Et puis je me suis mise à boire. L'habitude des vieilles riches. Et j'adore ça, encore aujourd'hui.

– C'est bien, tant mieux.

Christophe devait bien se l'avouer : il ne savait pas quoi dire, il faisait la politesse, et Suzelle semblait tout sauf craintive de recevoir un inconnu chez elle.

– T'es du genre discret toi, non ? lui demanda-t-elle. Comme Hans.

– Oui, je crois qu'on peut dire ça, répondit Christophe.

– T'es farouche mais t'as pas l'air con, et puis tu oses aussi. Enfin, de ce que je vois.

Elle se servit un verre d'amaretto qu'elle avala d'un trait.

– Oui, dit Christophe, je suis désolé. Oser, je crois que c'est le bon mot.

– Je l'aimais bien ta mère. Vraiment bien.

– Qu'est-ce qui vous a séparées ?

– Ben, je te dis, je me suis mariée avec ce type. Et puis moi aussi j'ai osé, peut-être un peu plus qu'elle. Ma vie est une tentative entière. Et les choses se sont plutôt bien passées pour moi. J'ai bien arnaqué mon mari et récolté ce grand appartement pour moi toute seule. Y a pire, non ?

Christophe était impressionné par tant de franchise et de mauvais comportements dans une seule personne. Mieux, avec une certaine harmonie. Il lui demanda :

– Et vous faites quoi ? Enfin je veux dire, de vos journées ?

– Pas grand-chose. Je traînasse comme toutes les vieilles. C'est surtout en soirée que ça se passe chez moi, j'en profite, je suis pas encore impotente. Alors je me fais des petits plaisirs de temps en temps, je me paie un p'tit mec, de la p'tite drogue, des grosses clopes. Quitte à être seule autant l'être accompagnée. Alors tu penses, ta venue ici, bien sûr qu'elle me fait plaisir. Ça fait parler ! Hein, Hans ?

À cette phrase Christophe changea de mine. Il était soulagé de l'entendre. Suzelle poursuivit :

– C'est difficile de rencontrer des gens ici, surtout des gens frais d'esprit. Et si tu veux rester un peu, tu me dis, on s'arrange.

– Je veux bien, j'adorerais même, mais je ne veux pas déranger, et puis... enfin... je n'ai pas d'argent. En tout cas, plus beaucoup.

Suzelle se servit un nouveau verre.

– Qu'est-ce que tu fous là, au fait ? Ils t'ont viré tes parents ? C'est pas son genre à ta mère, elle qui était si douce.

– Non, non, je suis parti. Je me suis enfui.

La gorge comme une lame, il lui raconta l'histoire, la malédiction de la mort, l'étouffement familial, la sensation de l'étranger par rapport au cercle, les morts, et la peur d'être l'un des prochains sur la liste. Il lui parla comme on parle à une vieille amie, avec l'oreille attentive de l'infatigable Hans, enfoncé dans le canapé, tournant à l'aveugle les pages de son livre.

– Merde, dit Suzelle, je suis sur le cul.

– Il y a de quoi, répondit Christophe. Mais ça s'invente pas, je vous jure.

– C'est improbable !

– Inexplicable même. Y a rien à comprendre, tout à subir. La première fois, on se dit que c'est un suicide. La deuxième fois, on doute. La troisième, c'est la bonne, c'est une malédiction, et il n'y a plus rien à comprendre.

– On dirait un conte d'Halloween.

– On est un peu devenus des personnages de fiction, oui.

– T'en fais pas, ici ça sera jamais comme dans ton village. À Montmartre, tout le monde se connaît, mais tout le monde s'en fout. T'en fais pas va, répéta-t-elle, la main accrochée à son poignet.

Christophe était tout à une faille de pleurer.

– Et puis bientôt, reprit Suzelle, y a la fête des vendanges. C'est un événement incontournable du quartier.

Naïf, Christophe repensa aux vendanges que l'on organisait chaque année dans le hangar de la maison. Les bennes empilées chaque soir, les tas de sécateurs de secours, la terre, la crasse sous les ongles, l'odeur âpre du raisin tapissant les remorques, les passages à la cave coopérative, le bruit du tracteur qui avançait vers la maison, les bagarres nocturnes de vendangeurs ivres morts, les cris, le saucisson au gène, la mère aux fourneaux, le père au travail, le joyeux mois de septembre, et puis la décrépitude, la mort, encore. Le joyeux bordel. Dans sa tête, lorsqu'il avait prononcé ce mot – *bordel* – c'est comme si le *-el* final avait été suspendu, comme une expiration lasse. Tout avait été étouffé dans l'œuf. Tout était fini. Les Dugast n'étaient que des ratés. Soudain, il fut rattrapé par une caresse amicale dans son dos. Suzelle.

– On va y aller, si t'es encore là, à cette fête des vendanges, et tu vas voir ce que tu vas voir.

– Merci pour ce que vous faites pour moi, dit Christophe.

– Alors premièrement, il faut me tutoyer, sinon c'est pas la peine de rester chez moi.

Au ton autoritaire et complaisant de Suzelle, Christophe sentit qu'elle commençait à être ivre. Il était toujours en chaussures, le blouson posé sur l'accoudoir du canapé et, à quelques centimètres, Hans continuait à bouquiner. Ce dernier lui apparut comme les personnages des écrivains qu'il admirait : seul et fatigué malgré sa grande jeunesse. Christophe hésita avant de se décider à lui parler :

– Qu'est-ce que tu lis, Hans ?

– On prononce « Ane-sse », répondit Hans sans le regarder.

– Ah, pardon, qu'est-ce que tu lis, *Ane-sse* ?

– Je sais pas trop, je l'ai trouvé en farfouillant dans la bibliothèque du salon. Ça s'appelle *La Meilleure Part des hommes*. C'est sorti y a pas si longtemps, je te le conseille. C'est une espèce de fable, très inspirant.

D'une guerre picrocholine naquit chez Christophe le désir d'écouter Hans lui parler de livres. Décidément, sa vie était déjà bouillonnante. Quand un écho se fit entendre contre le mur, derrière la cheminée. Comme un coup bref. Christophe s'était fait au bruit de ses pas, au clapotage du souffle des morts, mais jamais il n'avait entendu pareil son si lourd et si inaccessible à la fois. Suzelle fut prise d'une colère noire.

– Oh merde, la barbe, la barbe, la barbe !

– Qu'est-ce que c'est ? demanda Christophe, interloqué.

– C'est le voisin, répondit Hans depuis son canapé.

– Mais oui, c'est le voisin, râla Suzelle, c'est ce con de voisin, qui fait ses travaux de jour comme de nuit. Avec ses chiards qui gémissent tout le temps. C'est insupportable !

Christophe n'avait jamais expérimenté un tel dispositif de voisinage, et lorsqu'il apprit que Suzelle n'avait jamais vu son voisin en vrai – ou à peine – il s'étonna. Quel genre de vie était-ce lorsqu'on peut entendre les moindres faits et gestes des autres, mais qu'on ne les connaît pas ? Il n'avait jamais imaginé que le monde pouvait contenir ce type de relation, aussi friable et engageante. À cette pensée, il ne fut que plus déterminé à rester dans cet appartement, loin des potins nauséabonds et de la promiscuité sociale du village.

L'amaretto avait fait son chemin. La soirée commençait à se rapprocher de la nuit, et chez Suzelle, on avait fait l'impasse sur le repas. Christophe sentait son corps bouger, ses membres devenir plus mous. Poreux à tout son environnement. Il en éprouvait un gros plaisir dandinant. Était-ce ce qu'on appelait une cuite ? Hans partit se coucher et Christophe se retrouva seul avec son hôte.

– Allez, je vais te montrer ta chambre, lui dit Suzelle. Pour une nuit au moins, et on verra.

Le parfum de vigne s'éloignait pour de bon. Il prit un air un peu gêné mais de celui qui s'y attendait, malgré tout. Car la moindre des politesses lorsqu'on débarque ainsi chez les gens est de ne pas tricher.

– C'est vraiment gentil de votre… de ta part, Suzelle, merci mille fois. Je sais pas où me mettre.

– Commence par te mettre dans ton lit, t'as l'air épuisé. Viens, déchausse-toi là. Ça sert à rien d'avoir autant de pièces si c'est pour avoir personne à l'intérieur, t'es pas d'accord ?

Christophe était d'accord. Il attrapa son sac de courses, ôta ses chaussures qu'il laissa dans l'entrée et suivit Suzelle. La chambre d'amis se trouvait au bout d'un long couloir tapissé de moquette brune.

– Voilà, tu peux t'installer dans cette pièce, lui dit Suzelle. À demain !

– À demain. Et merci.

– Merci de quoi ? T'en fais pas, va, j'en ai connu d'autres.

À peine la porte de la chambre refermée, Christophe se sentit chez lui, le souffle long. Quel réconfort ; quel soulagement. Sans même scruter la décoration ou évaluer la taille de la pièce, il posa son sac de courses sur le lit. Il l'ouvrit et en sortit du pain, qu'il avait emballé dans du papier avant de partir. Il y avait une certaine satisfaction à retrouver ces choses familières dans un endroit, mieux, dans un état d'esprit à ce point opposé à celui dans lequel il se trouvait le matin même. Il grignota quelques morceaux et, alors qu'il mâchait, une larme vint s'écraser sur sa joue. Il avait gagné. La situation était peu banale, elle ne ressemblait à rien de ce qu'il avait déjà vécu, mais n'était-ce pas ce qu'il avait cherché ? Il dévora la miche dans son intégralité, laissant les miettes s'échapper sur le sol. Il suça l'un de ses doigts et le fit glisser sur la moquette pour récupérer les dégâts. Le couvre-lit était en velours vert, une matière qu'il adorait pour les motifs qu'elle permettait de tracer avec la main. Un petit coup glissé à gauche, vert foncé, un coup à droite, tout effacé. Rempli de sucre et d'amaretto, il s'amusa quelques minutes à dessiner des arbres, des lettres et des symboles jusqu'à prendre conscience que, malgré la nouveauté, les questions et la distraction, la fatigue était en train de l'emporter. La journée avait été longue et plus encore, riche. Il se déshabilla, enfila un maillot de corps et se posa en spectateur. Sa famille, sa mère, sa sœur, il n'y pensait pas, il les écartait dès qu'elles arrivaient dans ses pensées. Ça n'était pas le moment. Il tenait une chose pour sûre : elles n'avaient pas retourné le monde pour le chercher. Dans cette chambre inconnue d'un appartement inconnu, niché dans son lit glacé, il allait passer la plus belle des premières nuits.

Le réveil fut un réveil dans l'ordre des choses. Seul, allongé dans ce grand lit, Christophe était comme dépossédé des réalités. Pour la première fois, la vraie, l'alcool avait agi sur son cerveau, et il expérimentait la gueule de bois. Enivrante sensation que celle de la découverte d'un tel effet. Le couvre-lit de velours était à terre, tombé pendant la nuit qui avait dû être agitée. Pendant quelques secondes, il tenta de se masturber lentement, par habitude, avant de stopper net. Il n'était pas chez lui, il ne disposait pas de son matériel et ne pouvait décemment pas s'essuyer dans les draps. On ne se masturbe pas dans la literie des autres, on ne se masturbe pas dans un sarcophage ; personne ne lui avait appris, mais cela tombait sous le sens. Il passa sa langue dans chaque recoin de sa bouche, comme pour chercher une solution, puis remonta son caleçon, dépité. Un abandon lâche. Autour de lui, cette chambre qu'il n'avait pas pris le temps d'observer. Du papier peint à grosses fleurs, dans l'esprit des années soixante-dix, des bibelots baroques colonisant chaque pan de mur, une imposante armoire en bois sombre. Dehors, la pluie d'août, l'averse d'été matinale frappait contre le carreau. Un matin comme chaque matin qui avait pu exister avant lui.

De longues minutes, il s'observa dans le miroir de la grande armoire face au lit. Chaque détail de son visage, chaque parcelle de bras. Comme un sommeil déchiré par l'orage, il eut envie de se mettre nu. Il retira son tricot de corps, en effeuillement maladroit. Il s'approcha de l'armoire, s'assit sur le rebord du lit, et contempla, de longues minutes encore, ses tétons. Il n'avait jamais eu d'avis sur eux. Celui de gauche ressemblait fort à celui de droite. Rosé, bien sûr, avec quelques gros picots dont se composait l'aréole, autour du gros bout renflé. Ce bout qui, à bien y réfléchir, était démesuré lorsqu'on se penchait sur la taille globale du téton. Par rapport à l'aréole, donc. Il fallait bien y arriver un jour : il avait de gros tétons. Un constat qui ne l'alarma pas, et dont il n'aurait su dire s'il était vérifiable. Il n'avait jamais eu l'occasion de comparer. Alors il arrêta, et il se rhabilla. À l'extérieur de cette pièce l'attendaient Suzelle, Hans et toute une ville à découvrir, sans la moindre idée de ce qu'elle lui proposerait.

Il se leva, la porte de la chambre lui sembla si légère, elle avait rebondi contre le mur, et Suzelle apparut au fond du couloir.

– T'as bien dormi ?

Il hocha la tête.

– Tu veux un café ?

– Non. Enfin si, du café avec un nuage de lait si vous… si t'en as.

Quel était le programme ? Il allait probablement chercher un petit boulot, il était trop tard dans l'été pour s'inscrire dans une quelconque formation, et puis il n'était pas voué à faire des études. Pas assez d'argent, pas de possibilités.

Dans la cuisine, Suzelle et Christophe étaient désormais attablés tandis que, sur le canapé du salon, Hans feuilletait le journal avec la discrétion d'un insecte rare. Depuis l'arrivée de Christophe, il l'ignorait, et Christophe en venait à penser qu'il se sentait menacé. Comme si sa présence mal identifiée de villageois arriviste pouvait nuire à sa position d'homme de maison, de compagnon dérouté. Enfin, c'est l'impression qu'il en avait, et bien sûr, il ne pouvait qu'espérer qu'elle soit fausse.

Un fond de musique baroque résonnait dans tout l'appartement et les odeurs de café captaient l'ambiance familiale que Christophe voyait dans les publicités. Suzelle, en touillant frénétiquement son café, lui lança :

– Il est bon le café ? C'est Hans qui l'a fait.

– Oui, excellent. Enfin, j'y connais pas grand-chose en café.

– Qui est-ce qui fait le café à la maison ?

– Euh… c'est… c'est maman.

– Oh oui, pardon, mon chéri, bien sûr, pardon.

Un temps.

– Je devrais l'appeler, elle doit être mortifiée, et…

– Non, non, Suzelle, la coupa Christophe. Je ne veux plus vivre là-bas, je veux me construire ailleurs, ici, sans elles. Ne l'appelle pas, s'il te plaît.

Oui, il allait démarrer ce qu'il appelait dans le creux de son cœur « sa vraie vie », sans brimades ni chagrin. Sans mort ni cataclysme.

– Bon, bon, comme tu voudras.

Suzelle s'était avouée rapidement vaincue.

– Tu vas aller où ce soir ? lui demanda-t-elle, soudain inquiète.

– Je vais dormir à l'hôtel, comme tout le monde.

– Comme tout le monde ?

– Oui, enfin, comme ceux qui voyagent. J'ai assez d'argent pour y loger quelques jours, en attendant de trouver un logement stable. Et puis, c'est l'aventure.

Christophe souhaitait que Suzelle lui propose de rester plus longtemps. Bien sûr, il était mort de peur à l'idée de sortir de cet appartement. Bien sûr, il espérait que le regard songeur de son hôte comprenait tout cela. Cette dernière jeta un œil à Hans, qui semblait lire la même page de journal depuis trop longtemps maintenant. Après un long silence, elle dit :

– Christophe, écoute, je suis une vieille bique, j'ai un peu de bouteille, en tout cas plus que toi, et ce que je comprends, c'est que tu maîtrises rien de ce que tu es en train de faire. T'es pas dans ton village, tu es à Paris, tout sera plus compliqué que dans ton imagination d'enfant.

– Mais je suis plus un enfant ! dit Christophe, vexé.

– Écoute-moi : dans deux jours, tu n'auras pas trouvé de logement. Pas de travail non plus. Tu auras dépensé toutes tes économies, et tu seras obligé de sonner chez moi une nouvelle fois. Ou de rentrer chez toi.

– Ah ça, non !

– Et mon but, à moi, aujourd'hui, c'est de t'éviter tout ça.

Christophe comprenait où Suzelle voulait en venir, mais il ne savait pas où cette conversation le menait.

– Et si tu travaillais pour moi ?

Travailler était un terme qui avait toujours paru encerclant à Christophe. Une telle activité nécessitait d'être installé, adulte, marié. Elle révélait les faces les plus stables de notre existence. Chaque jour devenait une photocopie du précédent. Il s'agissait de travailler pour nourrir une famille, hors plaisir et activités, hors liberté. Se désuivre, se déconnaître. Se défréquenter, en somme. Christophe n'avait jamais connu quelqu'un capable de travailler pour autre chose que parce qu'il fallait subvenir aux besoins de la famille. Son père n'avait jamais utilisé d'argent pour lui, ses parents n'économisaient que pour acheter des voitures ou construire des cabanons dans le jardin. Le travail était ce qu'on en faisait, au même titre que l'argent qu'il nous rapportait. Au débotté, Suzelle lui proposait de travailler pour elle, mais travailler dans quoi ? Pour quoi faire ? Pris dans sa propre tourmente, il la questionna. Elle lui répondit, dans un calme nuisible :

– C'est comme un arrangement entre toi et moi. Un métier un peu ambivalent vu de l'extérieur, peu rémunéré, je te le dis, mais très correct.

– C'est-à-dire ? demanda Christophe.

– Je veux pas te le présenter comme une tâche rude à accomplir, mais disons que tu serais mon homme de maison, rien de plus.

– Mais c'est-à-dire ?

– C'est-à-dire que tu ferais le ménage, les courses, et que tu m'accompagnerais dans mes sorties nocturnes. Ah, je suis une vieille bique, mais j'en ai sous la pédale !

– Je ne comprends pas. Des sorties nocturnes ?

– Ben oui ! Hans est trop mou, et contrairement à ce qu'il croit, il manque un peu de conversation, murmura Suzelle.

– Eh oh ! Je t'entends, hein ! cria-t-il du salon.

Hans voyait sûrement Christophe comme un concurrent qui s'apprêtait à lui piquer sa place. Sa place de choix. Mais la politesse était pourtant de mise. Il lui faudrait travailler sec pour s'en faire un ami, peut-être un allié, et transformer la politesse en gentillesse, qui sait. Hans se contenta de gémir sournoisement depuis le canapé, emprisonné dans sa dépendance financière (et peut-être un peu affective) à la vieille mondaine.

Au fil de la discussion – qui avait pris des airs de proposition – Christophe en apprit plus sur Suzelle. Après son divorce, elle avait redécouvert la vie, comme elle aimait à le dire. Elle avait fréquenté beaucoup d'hommes, écumé ce qui lui restait de soirées chics, et promené son statut de traîneuse de discothèque dans tout le nord de la capitale. Elle en avait gardé des réflexes intangibles qui la poussaient vers l'alcool et les dépendances. Hans était intervenu dans sa vie à un moment où elle n'en avait pas vraiment besoin et elle s'était bien accommodée de cette présence. Ils avaient passé un bon bout de soirée, fondus dans l'ambiance fumeuse d'un bar du coin, et le courant passait. Comme Christophe, Hans était assez jeune, assez beau, assez tout pour que ses désirs se reconnaissent en lui. Elle avait de l'argent pour l'engager comme homme d'intérieur. Mais elle avait vite compris qu'il n'était pas aussi inspirant que lors de leur première rencontre. Pas qu'elle regrettait sa décision, elle était très attachée à son Hans, mais elle avait besoin d'un coup de fraîcheur. Christophe se sentait concerné, et il faisait bien de l'être. Il venait même d'hériter d'un supplément nocturne. Ce travail impliquait un salaire modeste mais aussi une chambre à lui, dans l'appartement. C'était non négligeable.

Il accepta sans réfléchir, sans demander non plus, ce que le supplément nocturne impliquait vraiment.

Car si un mot l'intriguait, c'était bien celui-ci. Et Suzelle le savait :

– T'en fais pas, lui dit-elle, je te demande pas de sexe. Enfin pas maintenant. Juste de m'accompagner quand j'aurai mes envies de sortie. Comme un cavalier. Et si t'es d'accord, tu commences demain.

Elle ne mégotait sur rien, la vieille clopeuse.

C'était un sentiment gracieux de se sentir désiré par une vieille femme de l'âge de sa mère. Comme le trait d'union entre la fougue de sa jeunesse et ce qu'il pourrait toucher du doigt, dans un futur déclassé. Lui, taciturne, avait trouvé l'idée formidable. Dans un élan dionysiaque il se mit à espérer la prochaine envie nocturne de Suzelle. D'espérer demain. Hans, quant à lui, allait être assigné à résidence, se contentant d'astiquer ce qu'il devait astiquer selon l'emploi du temps bientôt partagé, et de rester impassible face à tous ces bouleversements.

Le lendemain, après le déjeuner, Christophe commençait à prendre ses marques. Il demanda à Hans de lui couper les cheveux. L'ancien garçon coiffeur accepta, avec cette méfiance qui le caractérisait depuis le début. Il installa Christophe sur une chaise au milieu de la cuisine et promena son regard autour de son crâne.

– T'as les cheveux raides, très raides, et t'en as beaucoup, dis donc. Il faut faire attention, ça favorise l'effet casque quand ils commencent à être trop longs.

– J'ai de la chance que tu sois là alors, siffla Christophe.

– Ah ça ! Mais t'as surtout de la chance d'avoir une telle touffe, c'est pas donné à tout le monde. Regarde-moi, j'ai les cheveux filasse, aucune allure. Alors, tu veux faire quoi ?

– Oh, rien de bien original, juste un peu plus court de partout, quitte à revenir plus souvent au salon, plaisanta Christophe.

Hans ne riait pas. Les deux jeunes hommes se cherchaient et, très vite, Christophe constata qu'il ne trouverait pas Hans sur le terrain de l'humour, même le plus mauvais du monde.

Hans lui accrocha une serviette-éponge autour du cou, la taille intermédiaire, celle qui ne servait ni pour le corps ni pour le visage. Suzelle avait un trousseau bien garni, une commode entière remplie de linge de bain. Hans ramassa son matériel entreposé sur le carrelage de la cuisine et commença son travail d'artisan du cheveu. Christophe ferma les yeux et baissa la nuque. Il piquait du nez. Hans s'en amusa, alors que Suzelle, cigarette à la main, ne semblait même pas porter attention à eux. Bien trop occupée à produire la liste de courses qu'elle donnerait à Hans avec l'assurance d'un seigneur. Sur la gazinière, mijotait de la viande pour le soir, déposant le cœur fondu des odeurs réconfortantes sur les pans de mur et, dans sa tête, Christophe faisait le tour de ce qu'il pourrait s'acheter après avoir touché son premier salaire. Des chaussures, de belles chaussures de cuir, des Paraboot bien huilées qu'il avait vues sur une publicité près de la gare de Lyon. En attendant, il allait enfiler ses baskets blanches et confortables, et partir à la découverte du quartier. Hans lui retira les derniers cheveux du cou et Christophe se leva comme on tombe, prêt à sonder sa nouvelle existence, avant de reprendre le travail.

– Je peux sortir ? demanda-t-il à Suzelle.

D'un air étonné, elle répondit :

– Mais absolument, mon garçon ! Tu fais bien ce que tu veux hors de tes horaires, tu es chez toi.

Grisant. En plus de l'autoriser à vaquer à sa routine d'adulte, Suzelle venait de prononcer un mot qui portait tous ses espoirs depuis le village : *absolument.* C'était un mot que Christophe ne maîtrisait pas. Il en connaissait le sens, la définition, mais jamais il ne se serait risqué à l'employer. Ça n'était pas son registre, au petit Dugast. Les « absolument », les « grotesques », les « abhorrer ». Une précision lexicale à s'approprier, une élocution à rendre crédible. Le sommet de la vie des autres. Lui n'était qu'un pion et n'avait bâti aucun échiquier. Il y serait convié, un jour, peut-être.

Un peu plus tard, dans sa chambre, Christophe s'entraîna devant le miroir à prononcer des : « Absolument, cher Thierry. » « Oh ! Il me semble que j'avais ouï dire que tu étais de la partie. Quand bien même, ça ne fait rien. » « Oh ! Quel contempteur celui-ci. » Pendant qu'il prononçait à voix basse ces phrases hors de sa sphère, il se regarda droit dans les yeux. *Peut-être, bientôt, ce sera mon monde.* Ou peut-être pas.

Quelqu'un frappa à la porte.

– Entrez, répondit-il.

Suzelle avait oublié de lui donner un petit quelque chose avant qu'il ne sorte. Christophe n'aimait pas beaucoup les petits quelque chose ; bien souvent, ils finissaient en petits riens du tout et remplissaient les tiroirs. Mais le petit quelque chose de Suzelle n'était pas le petit quelque chose de d'habitude. C'était un disque. Un album de Chet Baker.

Sans prétention, Suzelle coupa le silence, anticipant l'incongruité du présent :

– C'est un artiste que j'écoute beaucoup, dit-elle.

Il ne savait pas, Christophe, si un tel cadeau, à la fois personnel et si peu attrayant, lui faisait plaisir. Un CD, quoi de plus commun ? Il ne comprenait même pas bien l'anglais. Il n'avait même pas d'appareil pour l'écouter.

– Merci, dit-il le plus généreusement possible.

Pour couronner la déception, il remarqua que l'objet n'était même plus sous protection.

– Ouvre-le, dit Suzelle.

Christophe ouvrit le boîtier. Lové entre les deux pages de plastique, trônait un petit sachet vert, aplati de tout son long.

– C'est de la drogue, reprit-elle. De l'herbe. Je te donnerai de quoi rouler tout à l'heure. C'est pour te détendre.

Décidément, il ne comprenait plus rien à ce cadeau. Il le rangea dans le tiroir de sa table de chevet.

– J'écouterai tout à l'heure, dit-il, déçu et agacé. Merci.

Paris était en bas de l'immeuble, il fallait en profiter. Christophe laissa son sac de courses éventré sur le lit, Suzelle debout sur la moquette, et partit à la découverte de son nouveau lieu de vie.

Plus les jours passaient, plus les jours roulaient entre eux et ne ressemblaient à rien de ce que Christophe s'était imaginé. Il travaillait sans se sentir spécialement libre ni incompressiblement heureux, mais il avait ça pour lui qu'il espérait l'être. Ça faisait le sel. Il s'était accommodé à son nouveau mode de vie, à la fois ancré dans le réel et rempli de découvertes. Il passait l'aspirateur, remplissait de pâtes des pots vides, arrosait les plantes ; des tâches domestiques qui n'avaient rien d'ambitieux. Les corvées se succédaient, et lui se moulait dans un enchaînement gracile. En parallèle, il cherchait à comprendre la mécanique secrète mais bien huilée de la capitale. Sans cesse, il essayait de décrypter les codes, les rythmes, les odeurs, sans cesse se poser en sociologue, se mettre à la portée de sa nouvelle existence. Et il y parvenait presque. À présent, il n'avait d'autre choix que de faire appel à l'oubli, merveilleux moteur de croissance pour les jeunes fuyards comme lui.

Ce matin-là, Christophe était de corvée de cuisine. Voilà un lieu qui avait toujours eu dans son esprit une place à part : c'était celui qu'occupait sa mère. Et devant la tâche à accomplir, le fiston Dugast était bien perdu. Il laissa paresseusement ses mains filer vers le coin de sa bouche. Par où commencer, que faire de toute cette pièce, de tout cet espace qui m'est confié ?

C'était sa première fois en cuisine depuis son arrivée. Suzelle le guettait du coin de l'œil, un verre de vin à la main, la cigarette entre les lèvres. Au centre de la table, une bougie parfumée offerte par on ne savait plus qui trônait. Lorsque Christophe l'observait, c'était comme si l'épaisse flamme prenait instantanément possession de ses questionnements. Suzelle reprit une cigarette, enchaînant les rouleaux de tabac comme on zappe un programme télé.

– Alors, p'tit chef, t'as pas l'air bien à l'aise. Qu'est-ce que tu vas bien pouvoir nous mijoter ?

– Du riz, dit Christophe. Ça va avec tout, ajouta-t-il comme pour se justifier.

Suzelle, étouffée par ses goûts de bique riche et habituée à la cuisine raffinée – mais non moins grasse – de Hans, glapit à son oreille :

– Dans cette maison, on mange pas de riz. On en mange que si on a la courante.

Hans, adossé au buffet, observait la scène d'un œil amusé et pleinement satisfait. Christophe savait qu'il comptait des défauts mais il n'était pas moins bon qu'un autre, il n'avait juste pas d'idées.

– Je vais t'apprendre, on va t'apprendre, martela Suzelle, agacée. On va t'apprendre. Hans, viens là !

Le jeune homme approcha.

– On va cuisiner tous les trois, reprit Suzelle, on va faire une quiche, non, une tarte. Voilà, une tarte aux crevettes, Hans en a pris hier chez Pepone. Ton riz, on en aurait fait des bouts de sciure, tu vois bien ce que tu manges ici : des choses bonnes, des bonnes choses. Tout le reste, on n'en veut pas.

Suzelle prit la main de Christophe, qui suivait le geste avec précaution, comme s'il allait devoir refaire la tarte aux crevettes toute sa vie durant. Il trouvait l'idée bien avancée pour lui et pas forcément alléchante. Mais Suzelle était sa patronne, pas moyen de dire quoi que ce soit. Hans décortiqua, tâche ingrate, les crevettes de façon très grossière, trop pour Suzelle, qui lui asséna une tape sur la main à en percuter son verre de rouge.

– Applique-toi ! Tu vas en manger aussi, couillon de la lune.

Soudain, il apparut à Christophe que tous les trois formaient une famille, un trio de feu, une membrane solide de solitudes enchaînées. Quelque chose germait en lui ; il avait le sentiment de compter pour quelque chose et pour quelqu'un.

La tarte fut délicieuse et chacun s'en félicita.

Le soir venu, Christophe était allé se coucher tôt. Un peu plus tard, lorsqu'il se releva pour aller aux toilettes, il vit, en passant devant la porte du salon, des cachets, de l'alcool et, au bout de la farandole, Suzelle dans son fauteuil, ronflant. Une coche. Une belle barrique sans fond. Combien de somnifères avait-elle avalés ? Devant elle, le jeu de dames qu'ils avaient sorti des heures auparavant et qu'elle n'avait pas pris la peine de ranger. Christophe avait gagné toutes les parties. Voyant la défaite cuisante brûler dans les yeux de son adversaire, il avait mal joué la dernière partie, pour apaiser les esprits. Et il fallait bien dire que Suzelle, avachie comme on meurt, avait l'air décontracté. En voyant cette scène à la fois attendrissante, désolante et grotesque, il eut l'impression – mais était-ce seulement une impression ? – qu'il aurait pu s'asseoir à côté de Suzelle et la suivre dans son tango de nuit. Nuée de médicaments et d'alcool, se faire partir comme on se fait venir. Et si sa mère était déjà morte ? Et si c'était son tour ? Et si c'était ça, la malédiction ? Si c'était ce qui se passait maintenant, au débotté ? Non, il n'avait envie ni de mourir ni de dormir, seulement de pisser. Il rejoignit le couloir en direction des waters. Demain, on verrait bien.

Suzelle était une bonne patronne, une bonne amie, une bonne buveuse de vin et, Christophe l'imaginait sans honte, une plutôt bonne amante. C'est en tout cas ce qu'il s'était dit le soir où Hans était dehors avec Dieu seul pouvait dire qui. Suzelle et Christophe lisaient côte à côte sur le grand canapé de velours du salon quand Suzelle se leva et, la démarche chaloupée dans sa longue tunique volante et aérée, sortit de la pièce. Elle revint quelques minutes plus tard, se rassit et prit délicatement la main de Christophe pour la glisser dans son entrejambe. L'ambiance nauséabonde du moment s'estompa vite, au profit de l'étonnement. Elle ne portait pas de sous-vêtements et les doigts de Christophe se retrouvèrent bien vite enfouis dans un magma de chair. Il savait comment les choses se passaient dans ces moments-là. On lui avait dit, au lycée. Aller de bas en haut, de droite à gauche, faire des mouvements de va-et-vient. Mais il n'en avait pas vraiment envie, même si la scène qu'il était en train de vivre était bien réelle. Et puis, foutu pour foutu, il écarta ses doigts et n'en laissa que deux au milieu de Suzelle. Fort de cette situation, il entreprit de reproduire le schéma qu'il avait toujours eu en tête. Rapidement, il prit conscience qu'il ne prenait aucun plaisir et, surtout, qu'il ne comprenait pas comment en avoir. Suzelle, elle, semblait satisfaite. Pas qu'elle s'amusait, pas qu'elle jouissait, mais que tout ceci lui arrive. Elle semblait heureuse, et à cet instant, Christophe pensa que le bonheur se transmettait par le vagin. Quelque chose comme ça. Mais il n'était ni payé ni excité pour s'enfoncer dans une vieille femme. Dans une forme de dégoût, il arrêta net, les yeux humides, le souffle court.

Un soir de début septembre, alors que Suzelle et Hans étaient au théâtre, Christophe se laissa emporter par un monument de folie. Il ouvrit une bouteille de vin rouge qu'il but à grandes goulées, sans peur ni démons. Noyé dans l'alcool, il se voyait déjà partir. Pouvait-on se suicider en buvant une bouteille ? Peut-être était-ce son moment, peut-être que la distance n'avait rien changé à la malédiction. Que c'était son tour désormais. Maman était-elle déjà morte ? Pris d'une pulsion de vie, il se précipita dans l'entrée, sur le petit guéridon où se trouvait le téléphone. Parmi les seules choses qu'il avait retenues, le numéro de téléphone de la maison était en bonne position. Dans une toquade, il commença à massacrer les touches, à taper le numéro comme on essaie de faire fonctionner une machine cassée. Il devait savoir, où en était-on de cette histoire ? Il recommença à taper sur les touches en prenant bien garde de composer le #31# avant le numéro, afin d'assurer l'anonymat de son appel. Personne ne devait savoir qu'il était là. Une sonnerie. Deux sonneries. Au bout du combiné, il était pétrifié. Il ruinait tout, exposé à ses émotions. Il ne parvenait pas à se détacher et se giflait de le remarquer. Trois sonneries.

– Allô. Allô, oui ? Je sais pas, y a personne. Allô ? Bon, je raccroche. Encore des pubs ! À cette heure-ci, dis donc, ils sont pas gênés.

La voix de sa mère. Le soulagement. Christophe lâcha le téléphone et s'écroula dans un presque éboulement au milieu du couloir. Son coude avait heurté le guéridon, mais il n'avait même pas mal. Son monde tournait désormais rond. Plus rien n'arriverait plus et il pourrait rester à Paris. Maman allait bien. Il était autorisé à être là. Bourré, mais là.

En récompense, il se rendit dans sa chambre, titubant et gaillard. Pourquoi avait-il décidé d'engloutir cette bouteille, si ce n'est pour se voir partir ? Près de sa table de chevet, il poursuivit sa course. Il sortit l'herbe offerte par Suzelle et retourna dans le salon. Les grandes feuilles, le tabac, tout l'attirail se trouvait dans une petite coupelle de majolique déposée nonchalamment sur la table basse. Il avait déjà vu faire Hans, rouler cette grosse cigarette, le joint, le pétard, disait-il. Son étape préférée était lorsqu'il fallait lécher la feuille. C'est à ce moment que tout se jouait. Le pétard en devient un à l'instant où la partie collante de la feuille devient humide, avant d'être allumé. Parfois, le résultat ne semblait pas à la hauteur, mais rouler un joint, c'était ça : s'habituer à l'imperfection, s'en rendre compte et faire avec.

Avec sa petite maladresse, Christophe s'empara du matériel et se mit à rouler. À la manière d'un soldat, il respecta chaque étape, pour un résultat satisfaisant. Il était affalé dans le canapé, bourré de vin, et s'apprêtait à se camer. Quelle soirée. Après avoir tiré une première bouffée, une énorme volute de fumée s'échappa dans le salon. Ce cadeau était peut-être la meilleure idée du monde. La plus belle et la plus généreuse de la part de Suzelle. Celle qui offre aux pensées toute l'expression de leur paresse. Celle qui permet de rendre à tous les espoirs la dorure qu'ils avaient perdue. Si elle semblait tout à fait déconnectée de l'état de sa vie, Suzelle était fondamentalement consciente que Christophe avait besoin d'aide. Il décida d'aller chercher le disque de Chet Baker, le glissa dans l'appareil du salon et se rassit, béat. Il n'y avait plus qu'à se laisser porter. Stupéfait, il n'avait jamais entendu la musique de cette manière-ci. À mille lieues de celle qu'il écoutait le samedi dans la voiture. Chet Baker lui-même était en train de devenir un réconfort personnel, un loisir, une amitié, et par-delà même les événements, un réceptacle. Décidément, Suzelle avait des façons bien à elle d'épauler et de témoigner son soutien. En visant aussi juste, à la fois dans le cœur et dans la durée, elle venait de marquer de nouveaux points. Les plus grands taiseux sont ceux qui en savent le plus sur la vie. En tout cas, sur la leur.

Quelques semaines plus tard, avant le soir de la vénérée fête des vendanges, Christophe passa l'après-midi dans son lit à contempler un cadre en crochet accroché au mur. Nous étions en plein mois de septembre et il n'osait pas encore affronter Paris. Il n'avait toujours pas pleinement franchi l'artère de Pigalle, qui séparait Montmartre du reste de la ville. Où allaient donc toutes ces voitures, ces cars de touristes et ces gens ? Tous réunis en un seul et même brouhaha. Après leur passage, tout devenait sec et faisait place à un nouveau chaos. Alors, Christophe restait là, allongé, à demi sommeillant sur son couvre-lit de velours.

Hans l'appela, il était l'heure de dîner. Christophe enfila ses chaussons, ceux qu'il avait jugé bon de mettre dans son sac de courses et traversa le couloir, patinant de sommeil. Il s'installa autour de la table, en regardant poliment Suzelle.

– Au menu ce soir, dit Hans, pâtes à la carbonara.

– T'as mis de la crème ? demanda Suzelle. Dans la recette italienne, l'originale, ils disent de ne pas en mettre.

Christophe se trouvait dépourvu face à ce débat dont il ne maîtrisait rien, sinon les bonnes manières de l'abstention.

Comme souvent au moment du repas, le vin rouge coulait à flots. Des rasades dont Suzelle semblait jouir seule, alors que lui ne faisait que tremper ses lèvres, pâteux, depuis sa soirée en solo. Il commençait toutefois à comprendre les effets de ce liquide rouge – à petite dose – pour être d'humeur égale.

Suzelle y allait de sa petite blague, excitée à l'idée de sortir. Christophe ne comprenait pas pourquoi.

– Je suis sûre que ça va te plaire, dit-elle. C'est sans chichis, tu vas voir, tu vas aimer. Tiens, prends un coup de rouge, ça va te mettre en jambes. Hans, sers-le. Ce soir, Christophe, c'est toi et moi. Ça change, hein, l'autre jour, c'était Hans, maintenant, c'est Christophe. Mes hommes !

– Eh oui… Dommage pour moi, marmonna Hans.

Suzelle sentait fort le parfum, comme l'eau de Cologne que mettait la grand-mère de Christophe dans le creux du coude. Une odeur alcoolisée et fraîche à la fois, un champ de lavande. Dans le souci de se fondre dans le décor, il lui demanda :

– Je peux sortir comme ça ?

– Oh oui ! Bien sûr. Tu sais mon chéri, on va boire et traîner dans la rue, il n'y a pas de bonne ou de mauvaise tenue.

Christophe commençait à prendre la mesure de cette fameuse fête des vendanges. Une fête de village, comme on en fait dans tous les villages. La déception, tournée vers l'arrière. Vraiment, ce quartier n'avait peut-être pas de quoi le combler, finalement. Suzelle lui donna un coup sur l'épaule :

– Habille-toi, on est parti.

Il enfila sa veste et la suivit dans les escaliers, en murmurant un « Bonsoir » à Hans qui débarrassait la table.

Sur la Place des Abbesses, Christophe ne reconnut rien. Rien, sinon le manège, noué dans un désordre de gens souriants, verre à la main, se tapant sur l'épaule et se hurlant des rires à la figure. Il remarqua la fanfare, dont le son avait pris une amplitude beaucoup plus stridente. Chacun se gargarisait dans des hurlements joyeux car personne ne parvenait à s'entendre correctement. Cette fantaisie collective respectait tous les codes des fêtes du village mais ne lui ressemblait en rien. Plus proprette, plus citadine, assurément, moins rougeotte. Suzelle n'avait pas échappé à l'amusette, et à mesure qu'ils s'approchaient de la source musicale, Christophe se perdait de plus en plus.

Au bout du troisième verre, ses oreilles s'étaient habituées au bastringue, et il sortit ses derniers sous pour payer un quatrième gobelet. D'autorité, sans sourciller, Suzelle l'entraîna vers le devant de la fanfare où un attroupement s'était peu à peu formé. Elle faisait claquer sa langue à la manière d'une adolescente émoustillée. Lui avait cette impression décevante d'être vulnérable au milieu de ce quartier qui s'émulsionnait. Soudain, Suzelle lui tira la manche en hurlant :

– Viens avec moi, on va au Sacré-Cœur !

Et ils montèrent au Sacré-Cœur, au sommet de la Butte Montmartre. Le gobelet de Christophe, encore assez plein, éjectait des gouttes de liquide rougeâtre sur les pavés. Suzelle avait fini le sien depuis bien longtemps, et il y a fort à parier que si elle se précipitait dans l'escalier avec autant d'allant, ce n'était pas pour prouver à Christophe qu'elle était encore en forme, mais plutôt pour se servir une généreuse rasade de bourre-pif une fois arrivée en haut. Parfois, sur le chemin, Christophe prenait le temps de s'arrêter et de se retourner. Il voyait tout ce que la télévision voyait pour lui auparavant : les pavés, les Parisiens, la ville rincée par les clichés, la foule, les belles images.

Sur le parvis du sacro-saint Sacré-Cœur, les stands de nourriture se succédaient. Certains dégageaient des odeurs plus fortes que d'autres, et parfois même, des effluves de billot, âcres et remontantes à la fois. Cette ambiance rappelait à Christophe la boucherie du village, où la famille Dugast allait de temps en temps pour se faire des plaisirs. La bidoche était chère et ils préféraient largement la viande de supermarché pour son rapport qualité/prix, mais ces rares sorties avaient toujours été une source d'expérience pour le petit Christophe. La boucherie, au sol carrelé orange du plus mauvais goût, présentait derrière sa vitrine étriquée un étalage de produits bien achalandés : terrines de campagne, pâtés en croûte Richelieu, quenelles – il s'agissait d'un boucher traiteur – bouchées à la Reine… Un royaume noyauté par la bonne chair et le plaisir. Un appel du corps par les yeux, qui se trouvait toujours brimé par l'argent. Chez les Dugast, on achetait toujours quatre tranches de pâté en croûte ou quatre quiches lorraines, et on s'en allait. On ne se laissait pas tenter.

Là, autour du Sacré-Cœur, entre deux stands de bonne bouffe, Christophe se sentit pour la première fois nostalgique. Quelques mètres plus loin, Suzelle le mitraillait du regard, son sac accroché en bandoulière à moitié ouvert, un verre en carton tenu par le rebord. Il tenta de lui faire des signes, mais elle s'était déjà retournée, prête à engloutir le quartier. Quand il parvint enfin à sa hauteur, il cria :

– Suzelle, Suzelle, attends ! J'ai envie d'aller aux toilettes.

– Vas derrière là-bas, vers le Tertre, y a plein de bars. Mais y a des chances que tu aies à prendre un verre, hein. Tiens, vingt euros, au cas où. Moi je suis par-là, je bouge pas.

Christophe se hâta de se frayer un passage dans la foule, descendit quelques marches, tourna à gauche puis à droite avant d'atteindre un bar, qui, sans raison valable ni explicable, lui inspirait plus confiance que les autres. Ce bar, dont le nom défiait toutes les lois de l'imagination, trônait au cœur d'une espèce de carrefour de Montmartre, où se confondaient trois, voire quatre rues. Une pelote mal conçue. C'était un rade de quartier où les habitués devaient se retrouver chaque soir de la semaine, portés par l'assurance d'y être considérés comme un membre à part entière. Christophe les regarda un moment depuis le trottoir avant d'entrer. À l'intérieur, l'odeur de bière emplit ses narines et la promiscuité de ce biotope le rassura. Ici, on fabriquait d'abord du déchet local. Personne n'avait jamais nettoyé les flaques d'alcool sur le vieux carrelage beige, déjà taché de diverses traces dont l'origine intéressait peu Christophe.

Il apercevait à peine le sigle de la porte des toilettes tant il y avait de monde. La persévérance n'était pas son plus gros travers, mais il la maîtrisa assez pour réussir à atteindre son but sans avoir à parler aux gens. Puis, une fois l'envie évacuée, il s'approcha du comptoir et héla le serveur. Ce dernier n'avait d'yeux que pour ses clients. Vraiment, cette sensation d'infiltrer le quartier comblait Christophe. Comment pouvait-on vouloir rentrer au pays après ça ? Il observa quelques secondes la corniche jaunie au plafond, comme un appel aux nuits folles qu'il aurait aimé glacer dans le temps. À cet instant, la peur, le doute s'étaient absentés. Il ne pensait plus à Suzelle. Derrière le comptoir, chaque parcelle d'espace avait été remplie de bibelots en tous genres, des photos de vedettes du quartier, un chien en porcelaine surmonté d'une ampoule, des miroirs mouchetés, des fausses fleurs, le tout dans un décor rouge et boisé typique du bar à rénover mais qu'on appréciait bien dans son jus. Des outils pour refaire le monde. Rien d'autre.

L'heure tournait, et Christophe avait réussi à commander un verre de vin rouge, qu'il buvait en le tenant à deux mains. Dans un coin du bar, une petite dame préparait son matériel. Elle allait chanter. Christophe ne s'y attendait pas, et l'idée lui parut goulue. Certains jours, entendit-il dans la foule, il y avait ici une tradition qui consistait à accueillir Cathy et à l'écouter. Car lorsque Cathy commençait à chanter, il n'était plus possible d'être au-dessus.

Comme le son d'une clochette gelée, la chanteuse enchaîna les plus grands tubes du patrimoine musical délectablement franchouillard, planquée derrière son micro. On ne s'entendait plus causer. En milieu de représentation, elle s'accorda une petite pause, histoire de boire un coup, et les conversations reprirent. Christophe avait cette impression constante, en regardant les gens tournoyer autour de lui, que la vie, la sienne, était au-dessus de ses forces. Le temps de commander un nouveau verre de rouge, et Cathy récupéra son micro. Elle était passée derrière le bar, pas farouche, pour un moment musical complice avec le personnel. Les vapeurs d'alcool atteignaient peu à peu tout le monde, c'était une épidémie. On chantait à tue-tête les refrains de Piaf et de Fréhel, on se dandinait, on se marchait sur les pieds, on renversait des gouttes de bière sur le sol, on trinquait, on criait pour commander. C'était la fête, le bruit confus d'une dégringolade.

À l'autre bout, une fille grimpa sur le comptoir et se mit debout pour danser. Sa chemise en soie balayait l'air. Elle était belle, c'était la reine de la nuit, la reine du quartier. Les cheveux roux, le regard poudré par les verres de Tariquet, elle frappa ses pieds contre le bois. Ça vivait, ça dansait. À la droite de Christophe, la vieille Cathy chantait encore sans se fatiguer. *À Saint Jean, aux musettes.* À sa gauche, la fille, beauté cadencée, dansante. Elle renversa son verre, et la vieille patronne fédératrice, paysagère, lui en resservit un aussitôt. La bonne cliente. La bonne ambiance. *Comment ne pas perdre la tête.* Dans ce bar, Christophe aurait presque eu envie de travailler. Servir des verres à longueur de semaine à des bons vivants, à des je-m'en-foutistes du bon sentiment. Un Tariquet ma p'tite, le même qu'hier. *Un serment n'est qu'un leurre.* Depuis son comptoir, la fille regardait tout le monde, tout le monde ne la regardait pas, mais l'atmosphère était telle qu'elle poussait la chansonnette, elle aussi. À bas les contrariétés, on s'amuse, on est ensemble. Le monde était diagonal. Elle secouait sa tête comme un cheval épuisé, elle participait à l'esprit de quartier. Qu'est-ce qu'on s'emmerde avec les artifices. Ici, c'est le vrai. Le vrai, le vraiment phénoménal. Tout partait, tout s'envolait, tout était là. *C'est du passé, n'en parlons plus.* Christophe, prêt à fondre sur le carrelage, finissait son verre quand la danseuse descendit du comptoir et se faufila à travers la foule jusqu'à lui. Elle s'installa à quelques centimètres, leurs coudes pouvaient désormais se frôler. La chaleur de ses cheveux irradiait la pièce, trouait de part en part la structure qui rendait le monde plus stable. Elle commanda deux shots au serveur, qu'elle connaissait visiblement très bien. Quelque chose de larvé était contenu entre eux ; plus que dans une simple relation cliente-commerçant. Sur le comptoir glissèrent deux minuscules verres orange et jaune. Très joyeux, très frais. Il regarda la fille, ses cheveux roux, leurs reflets dorés, son regard vitreux, son assurance d'acrobate. Oui, c'était un vrai moment d'acrobatie. Il sentit l'odeur de cardamome s'échapper des verres.

– Qu'est-ce que c'est ? l'interrogea-t-il.

– Un shot au gingembre, hurla-t-elle. Tu devrais goûter, c'est très bon ! Au fait, moi, c'est Agnès.

Christophe hésita puis, après l'avoir regardée faire, il s'exécuta et avala la potion d'un trait. Ça y est, il venait de « se faire payer un shot » par une inconnue dans un bar parisien. Il se voyait déjà raconter ses conquêtes, la voix crâne, le sang pulsant dans les membres, à tous ses morts qui ne pourraient jamais plus s'en indigner. Il avait cet air fier et ahuri de ceux qui ont reçu le baptême du feu.

Pour Agnès, la soirée n'était pas terminée et elle invita Christophe, aussi franche qu'on peut l'être, à venir passer la fin de soirée chez elle. Et qui sait, peut-être la nuit.

– Je vis à Saint-Georges, tu connais ?

Il ne connaissait pas.

– C'est pas très loin, du genre quinze minutes à pied, ça touche presque le quartier. On y va ?

– Oh, non… Je suis désolé, je suis avec une amie, je dois la rejoindre. Je suis juste venu pour aller aux toilettes, je fais la fête des vendanges. Pardon, hein, mais je lui ai promis.

– Non, non, t'inquiète pas ! Bonne soirée, alors.

Et Agnès déposa un petit bisou sur la joue de Christophe qui, décidément, sentait le sol l'engloutir. Il venait de refuser une invitation à tout ce qu'il espérait. Par respect pour Suzelle ; peut-être aussi par peur de ce qu'il devrait cacher. Agnès s'éloigna dans la cohue du bar et, tout en la regardant, Christophe paya ses consommations. Il ne savait pas combien de temps il était resté dans cet endroit, mais Suzelle allait être furieuse.

De retour sur le parvis du Sacré-Cœur, Christophe n'était que frustration. Un chien hagard au milieu de la route. Par chance, il repéra assez rapidement Suzelle. Le soulagement, le souffle court, la langue râpeuse. Elle discutait avec quelqu'un. En voyant Christophe, elle s'écria :

– C'est pas vrai, mais t'es là, toi ! Ça fait au moins une heure que je me demande ce que tu fous ! À croire que t'es payé à aller aux toilettes. Où t'étais ? Tu t'es perdu ?

– Oui, je crois bien, répondit Christophe. Pardon, c'est pas si simple de se repérer ici.

Quoi qu'il en soit, Suzelle était complètement saoule.

– Éliane, Jean, voici Christophe, dit-elle. Il vit à la maison depuis un petit temps. C'est un peu mon Hans numéro 2 !

Puis, se tournant vers Christophe :

– Éliane et Jean tiennent le petit bar dont je t'ai parlé.

Christophe resta un instant perplexe.

– Le bar qui fait l'angle, reprit-elle, tu vois pas ? Bon, en tout cas ce sont des figures du quartier, ça, on peut pas leur enlever, pas vrai ?

Éliane et Jean acquiescèrent. Jean était un gros bourru rougeaud, qui lui rappelait son père, la moustache en moins. Éliane, elle, avait la coupe courte des femmes mi-mode, mi-passable. Avec eux, Christophe se sentit tout de suite en sécurité. Il se prêta au jeu, posa des questions, souri comme jamais, à pleines dents chevauchantes. Il se trouvait plutôt bon dans l'exercice de la mascarade. Il faut dire qu'il était entraîné depuis tout petit. C'était un sport familial reconnu, avec toutes ces morts dont il fallait faire mine d'ignorer la gravité auprès des autres villageois. Prendre le mal à bras-le-corps, le faire virevolter haut dans les airs et le regarder atterrir au hasard des situations, c'était la philosophie des Dugast. Sauf que le mal, à chaque fois, revenait chez eux, sans effort. Une bévue qui leur avait coûté quelques membres.

Au fur et à mesure des échanges, Christophe comprit qu'Éliane et Jean avaient tout du couple sympathique mais irritant. Du genre à vous pousser à reprendre un godet, à vous prendre par l'épaule pour faire une chanson, ou à vous présenter à

Untel qui passe dans la rue sans crier gare. Le parfait dosage du collectif et de l'angoisse pour le fils Dugast, qui tentait encore de saisir les enjeux d'un tel rassemblement. Mais l'alcool commençait à faire son effet et, le temps passant, lui permettait d'apporter sa pierre à l'édifice. Désinhibé, il mettait les pieds dans le plat, rétorquait des « Hmm » bien sentis, des mouvements de tête approbateurs, et s'intégrait tant bien que mal à cette frange de la population dont il ne maîtrisait rien, sinon leurs fausses ressemblances avec sa famille.

Éliane n'arrêtait pas de parler de son bar, elle en était visiblement très fière, et Christophe ne pouvait s'empêcher de penser à Agnès. À ce qui aurait pu arriver s'il l'avait suivie.

– Tu devrais venir un jour, Christophe, histoire qu'on te paie un petit godet. Hein, Jeannot ?

Éliane appelait son mari Jeannot, et Christophe, ivre, commençait à se demander s'ils étaient vraiment un couple ou de simples associés venus se pinter au pied du Sacré-Cœur. D'ailleurs, avec tous les gens attirants qu'il y avait sur cette terre – en tout cas à la télévision – comment pouvait-on rester ensemble tout ce temps ? Comment avaient fait ses parents ? Sans se lasser, sans en avoir marre du même corps, des mêmes risques. Ses grands-parents, il n'y pensait même pas, cela devait tenir de l'obligation. Ça n'était pas possible autrement.

Non, vraiment, il ne saisissait pas comment ne pas partir tous les dix jours vers les ailleurs amoureux. Ça devait être ça, être un adulte. Il s'y ferait.

De son côté, Suzelle commençait à devenir folle de saoulerie et chantait à tue-tête des chansons incompréhensibles. Christophe ne comptait plus les verres, de vin rouge, de bière et d'alcools forts qu'ils avaient bu, alors même qu'il n'était pas minuit. La fête battait son pleine, tout tapait, rognait le silence. Et il ne pensait plus qu'à Agnès.

– Allez, lança Suzelle, un dernier digeo et on file à Pigalle !

Éliane et Jean n'étaient pas étonnés, ils semblaient bien connaître Suzelle. Pour Christophe, cette idée se situait à mi-chemin entre le cauchemar et l'incapacité physique. Mais c'était l'aventure, c'était la fête des vendanges et de tous les dangers.

Après être passés à quelques encablures du 110 de la rue Dancourt, Suzelle et Christophe atteignirent l'horrible boulevard rougeoyant. Le soir, Pigalle était marqué par cette grande artère de flammes, balisées par des néons. Une enseigne de la conversation des corps. Christophe y voyait un échangeur autoroutier, où entraient et sortaient tous les énergumènes parisiens les plus engageants. Mais au-delà, le quartier ressemblait à n'importe quel quartier de n'importe quelle ville. Comme un beau sentiment tiède.

– Tout se passe dans les bars. Allez, allons-y, dit Suzelle en désignant une devanture aux épais rideaux rouges.

Suzelle avait estimé que l'ambiance de la soirée retomberait s'ils ne se mettaient à retrouver celle, plus intime, du salon et des lampes. Mais débarquer d'un espace ouvert pour s'enfermer sans transition dans des lieux clos, indigestes et puants, nécessitait une gymnastique de haut vol. Au pays des soirées tranquilles, Christophe n'appartenait plus désormais. Ici, le monde avait une peau fragile, friable en tout point et en tous carrefours. L'heure avait bien avancé et après eux, tout s'usait.

Christophe commençait à être en fin de course quand, sur le terre-plein central du boulevard, Suzelle vomit.

– Suzelle ! Suzelle ! Oh non ! Oh là là ! Ça va ?

– Merde, merde ! À l'âge que j'ai, quelle honte, merde !

– Je vous ramène à la maison. Je te ramène. Allez, on y va. Accroche-toi à moi.

Christophe prit l'avant-bras de Suzelle et le noua en écharpe par-dessus son épaule. Pour elle, la soirée était finie.

Après avoir couché Suzelle, Christophe n'avait plus qu'une idée en tête : revoir Agnès. Sur la pointe des pieds, il se rendit dans la salle de bains, se lava le visage, se brossa les dents et se passa un petit coup de gant de toilette sur le sexe. *Juste au cas où*, se dit-il. Au cas où la soirée dérape. À cette idée, il était terrorisé mais peut-être plus excité encore.

Comme un enfant un soir de fête, Christophe remonta en petite foulée les escaliers du Sacré-Cœur. Il s'agissait de ne pas laisser le temps s'abattre sur Agnès. Il s'agissait qu'elle soit encore au bar. Il commençait à transpirer. Dans les marches de Montmartre, il ralentit le rythme. Dix minutes plus tard, il était posté devant le troquet. Rien n'avait changé, la foule était toujours aussi compacte, et la culpabilité d'avoir abandonné Suzelle avait disparu. Il était le conquérant d'une nuit, le corps penché vers la terre.

En entrant dans le café, le soulagement d'un alpiniste arrivé au sommet : Agnès était en face de lui. Elle le vit mais ses yeux ne pétillaient plus autant qu'une heure plus tôt. Christophe ne se laissa pas démonter. Il n'était tout de même pas venu pour rien. Et dans un mouvement de jambe gauche, il s'avança vers elle :

– Ça va ?

– Hmm ? Oh pardon, je t'avais pas reconnu. Je suis un peu bourrée ! Tu bois quoi ?

– La même chose que toi, répondit Christophe.

– Tu nous remets deux rosés steup', demanda Agnès au serveur. Bon, je bois ce verre et ensuite j'y vais, je tiens plus debout.

Christophe perçut cette annonce comme le signal d'une course contre la montre. Il voulait faire quelque chose avec Agnès, mais il ne savait pas quoi. Sentir la brèche l'avait rendu fou.

– Tu veux rentrer ? lui dit-il.

– Ouais, après le verre, ouais.

– Oh ! Dommage.

Il ne se reconnaissait pas. Qui aurait pu croire qu'il était Christophe Dugast à ce moment-là du sprint ?

– Dommage ? dit Agnès. Pourquoi ?

– Je viens d'arriver.

– Tu veux qu'on rentre ensemble ? Tu veux venir à la maison ?

On y était. Christophe ne tenait plus, à la fois mortifié et bouillonnant.

– Si tu veux, dit-il.

– Ben je veux, oui.

– Alors je veux.

– Allez, on finit notre verre et on y va.

Et ils y étaient allés.

Sur le chemin vers l'appartement d'Agnès, Christophe avait cette sensation géniale et effrayante qu'il se produisait un événement nouveau. Que, peut-être, la vie l'avait compris, entendu, que le Seigneur existait. Et que dans ce morceau de ville, il était devenu invincible.

Devant une pharmacie lumineuse de nuit comme de jour, à moitié titubant, Christophe embrassa Agnès, conquête d'un soir et de toujours. Une embrassade en forme de saut dans le vide, à pleine bouche. Comme pour contrer les mauvaises pensées. Elle ne le repoussa pas, mais se détacha rapidement de lui pour continuer à marcher sans rien dire. Christophe ne touchait plus terre, il était sans fatigue. Il avait osé quelque chose, et on lui avait répondu. Dans ce nouveau monde rempli de recoins surprenants, il n'avait qu'à se pencher pour saisir l'occasion de se sentir exister.

En arrivant chez Agnès, Christophe se déchaussa par politesse.

– Qu'est-ce que tu fais ? demanda Agnès. Tu comptes dormir ici ?

– Hein ? Euh… Non, non, enfin, c'est juste pour pas salir, répondit-il, honteux.

– Je rigole, on se détend. Blague à part, t'emmerde pas si tu veux pas les enlever, t'es pas obligé.

La fin de soirée passa sans encombre. Ils burent le porto qui restait dans le petit appartement d'Agnès. Elle avait baissé les lumières. Le halo de la loupiote donnait directement sur un rideau de perles. Une œuvre d'art, un rectangle de soleil. Puis, sans prévenir, Christophe l'embrassa à nouveau, comme on souffle sur la rosée. Agnès répondit par un autre baiser, une langue, même. Tout concordait, tout pouvait se produire. Agnès s'allongea sur le lit, pointant son regard vers la nuit. Christophe garda ses vêtements, elle non. C'était inéquitable, mais pour une fois, c'était lui qui avait le contrôle. Il n'était pas nu, il n'était pas vulnérable. Pendant de longues minutes, une heure peut-être, ils firent l'amour. Tout était si fluide. Décidément, cette soirée était hors du commun.

Après ces instants intimes, le calme s'installa. Christophe se leva et se dirigea vers les toilettes. Lorsqu'il revint, Agnès s'était endormie, rassérénée par l'alcool et la fatigue d'après l'amour. Il s'allongea à côté d'elle. Sa tête toisait le calorifère collé au lit. Quelques minutes plus tard, il repoussa les draps, étouffé par la chaleur de la pièce. Une fine lueur parvenait à travers la fenêtre de la cuisine. Grâce à elle, il pouvait observer les lieux, le papier glacé des magazines de voyage, le porte-encens en porcelaine, le tapis en jute, le sachet de chips abdominal à moitié consommé, les pivoines séchées en bouton, les verres à demi vides. Tous ces éléments qui constituaient l'intérieur de la jeune femme.

Cette nuit-là, Christophe prit conscience qu'une force supérieure à la mort se réveillait en lui : l'envie de profiter.

Le corps ensuqué, les narines bourrées de tabac, Christophe rentra rue Dancourt vers midi. Suzelle, le corps grêle et sa mine des mauvais jours, était collée au chauffage de la cuisine, les mains jointes à hauteur de nez pour se réchauffer. Avec sa bouche, elle traçait des cerceaux à l'intérieur de la cavité, pour insuffler quoi, de la chaleur éphémère ? Après tout, c'était toujours une chaleur de prise. Pendant que Hans mettait la table, Christophe s'approcha doucement.

– Ça va tout le monde ? Ça a été Suzelle, hier soir ?

– Oui, merci. Je me suis endormie comme une barrique. J'ai pas eu le temps de réaliser où j'étais que je dormais déjà. Une vraie ado !

– Ça fait du bien de se lâcher de temps en temps, non ? dit Christophe.

– Si seulement c'était de temps en temps ! lâcha Hans.

– Oh ! Ça va, hein ! dit Suzelle à Hans.

Puis, à Christophe :

– Et toi, t'as couché la vioque et t'es reparti en vadrouille, petit coquin !

Christophe ne savait pas quoi répondre. Il se contenta de dire :

– Oui, j'ai traîné la patte encore un peu. C'est vraiment sympa la fête des vendanges.

– J'étais sûre que ça te plairait ! Moi, en tout cas, je suis restée sur ma faim, alors si l'idée te tente, je te propose de sortir un soir de cette semaine. Histoire de se rattraper.

Christophe accepta sans rechigner, en franche discussion avec la routine. C'était tout de même son métier.

Un soir de la semaine, Suzelle se rattrapa. Après un dîner bien arrosé, elle invita Christophe à enfiler son manteau et à la suivre. Reprendre le bout de chemin qu'ils avaient écourté. Ils se rendirent dans un bar vide, une espèce de cave, genre club de jazz.

– Il est même pas minuit, c'est normal qu'il n'y ait personne, se rassura Suzelle. Les gens vont bientôt arriver.

Une petite bière, et les voici prêts à reprendre des forces. Dans un élan de confidence brute, Suzelle entama la discussion.

– Je veux te parler de quelque chose d'important, Christophe.

– Je t'écoute.

– Voilà, j'aime beaucoup ta présence, tes discussions, ton état d'esprit, mais je me demande : tu vas y retourner un jour, chez toi ?

– Mais chez moi, c'est ici.

– Joue pas au con. Quand je dis chez toi, je dis au village, au pays, chez tes parents, quoi. Chez ta mère.

– Non, j'en vois pas l'intérêt, dit-il frontalement. Je construis quelque chose ici. Je vis des choses que je pensais même pas vivre. C'est laborieux, mais ça marche. Et parfois, je ne pense même plus à la malédiction.

– Et ta mère ? Et ta sœur ? Tu y penses un peu ?

– J'y pense, oui. Mais j'oublie. Enfin, je fais en sorte d'oublier. Et ça marche, je crois. Regarde-moi, je suis en forme comme jamais !

– Mais si on part du principe que ta mère est la prochaine sur la liste… Tu crois que la *malédiction*, comme tu l'appelles, va t'épargner ?

– Je n'ai aucune envie de réfléchir à ça pour l'instant.

– Je comprends pas. Tu penses que, parce que t'as pris un train et quitté un village, tu as échappé à tout ça ? Ça tient pas. Je vois bien que t'es jeune, fougueux, mais ça marche pas toujours comme ça, la vie. La mort non plus, d'ailleurs.

– Comment ça ?

– La vie, la mort, toutes ces bêtises, c'est plus fort que tout. Toute cette agitation, je suis pas persuadée que ça vaut le coup. La famille finira toujours par te rattraper, où que tu sois, où que tu ailles.

– T'es optimiste.

– Il faut que tu comprennes que tous tes efforts, c'est un peu vain. Sinon pourquoi tu aurais un chapelet ?

– T'as vu mon chapelet ?

– C'est pas la question, mais c'est vrai que tu t'entêtes un peu à vouloir fuir quelque chose d'impalpable.

Christophe n'avait rien contre Suzelle, mais il est certain qu'elle ne comprenait rien. Plus qu'une fuite, c'était la promesse d'aller de l'avant. Elle, avec sa chemise de bal, son sac de mémère, ses lèvres comme jetées dès l'enfance dans le vin rouge, ses clopes à la mords-moi le nœud, n'avait plus rien de la villageoise. Elle ne savait pas que là-bas régnait désormais la mort. Un code secret jamais divulgué par l'ordre naturel.

– J'ai été figurante, tu sais.

Suzelle avait dit ça dans un élan frénétique, qui surprit Christophe.

– Tu as vu *Le Songe d'une vie heureuse* de François Truffaut ? lui demanda-t-elle.

– Non.

– *Les Assédic du bonheur* de Pimprenelle Michaud ?

– Non.

– *Limoncello Amiral* de Luz Jouvans ?

– Non.

– C'est normal.

– Hein ?

– Ils existent pas. Je voulais voir si tu mentais.

Christophe n'était pas un menteur. Et si Suzelle voulait que le mensonge charpente la conversation, elle ne l'aurait pas sur ce terrain-là.

Un groupe de dix anglais, étudiants ou touristes, ou les deux, qui venaient d'entrer dans le bar, les interrompirent. Ils riaient fort, un rire gras d'alcool.

– Va donc nous chercher un autre verre, dit Suzelle à Christophe. On s'amuse, regarde.

Il suffisait à Suzelle d'un micro-événement, d'une embellie festive, pour que l'esprit de fête renaisse, et ce groupe était sa carotte. Que cherchait-elle exactement ? Christophe commençait à devenir las de tous ces exploits.

Les Anglais s'étaient accoudés au bar, à quelques centimètres de lui. Il connaissait l'anglais, il l'avait appris à l'école, un peu. Il comprit rapidement qu'ils étaient étudiants en échange. Il n'avait pas envie de leur parler, mais leur présence le rassurait. Une seconde, il se vit leur demander de rejoindre le groupe, de partir ensemble en voyage et de vivre en colocation. Mais il se vit aussi quitter l'appartement de Suzelle et ne subvenir à ses besoins qu'avec l'espoir et la parole. Un casse-tête.

– On rentre, dit Suzelle, je suis complètement bourrée.

De retour à l'appartement, Christophe alla directement se coucher. Une vignette de souvenir s'immisça dans le lit à ses côtés. Une nouvelle fois, il se mit à penser qu'il n'allait peut-être pas se réveiller le lendemain. Sa mère était-elle déjà morte ? Emma l'avait-elle suivie dans sa course effrénée ? Il n'en savait rien, il n'en voulait rien savoir. Les morts semblaient bien plus, et de loin, vivants que les vivants.

Le lendemain était un matin d'automne, cuisant et rêche. Un matin d'automne, à l'odeur de giroflée et de tabac froid. Christophe se réveilla avec la barre des étudiants collée au front, à une heure non réglementaire mais tacitement acceptée par Suzelle. Il se leva difficilement et entreprit de se rendre dans la cuisine. Odeur de pain grillé mélangée au café. Une double texture qui lui rappelait l'ambiance familiale du dimanche matin. Lorsqu'il atteignit la table de la cuisine, un festin. Disposés sur la table, des viennoiseries, amandines et chocolatées, des fruits en salade, des oranges pressées, des crêpes roulées entre elles, et, au bout, Suzelle, cigarette en main, les yeux pleins de sommeil. Christophe salua la pièce surchauffée et s'assit, vaseux, sur la première chaise qui lui vint. Il saisit un couteau et attrapa le pot en face de lui. Une sorte de confiture étrange qu'il étala sur une tartine briochée.

– C'est un souvenir de voyage, dit Hans. Ça vient d'Écosse.

– Oh oui, rétorqua Suzelle, une belle attention. Moi qui suis si sensible aux beaux produits. Non, aux *bons* produits !

Dans un élan soudain, Hans profita de cette conversation pour réclamer l'attention de la tablée. Il posa ses mains calleuses à plat sur la table, sa posture s'était naturellement raidie.

– J'ai reçu un appel, hier soir, pendant que vous étiez en goguette tous les deux. Une certaine Emma Dugast. Elle cherchait à savoir si son frère se trouvait ici.

Tartine en bouche, Christophe s'arrêta net de manger. Elle l'avait retrouvé. Mais comment ? Où avait-elle déniché le numéro de Suzelle ? Certainement pas dans le carnet d'adresses, il n'y figurait pas, il n'aurait pas mené ce périple aveugle jusqu'ici pour rien.

– Elle voulait annoncer quelque chose à son frère, ajouta Hans.

Christophe avait l'impression d'attendre la potence, alors qu'il anticipait parfaitement la teneur de la nouvelle.

– Ma mère est morte, c'est ça ?

Hans hocha la tête. Emma lui avait dit.

La rage. Elle inonda tout et colla à Christophe une douleur au ventre sévère, profonde et cramponnée. Suzelle se mit à pleurer, c'était tout de même son ancienne amie. L'amie de Vichy. La fureur entre les dents qui se chevauchaient, Christophe ordonna à Hans :

– Ne réponds plus jamais à ce numéro !

Jamais il ne s'était imposé de cette sorte chez Suzelle. Désormais chacun sentait sa présence. Il s'en fichait. Il se fichait de tout. Il ne voulait pas aider, pas savoir comment sa sœur allait s'en sortir seule, l'administration, l'enterrement, le statut juridique, les héritages, les années avant la majorité, l'école, rien, rien ne l'intéressait. Ce qui allait compter, dès à présent, c'était son petit bonheur, sa petite construction. Personne ne le retrouverait, et c'était très bien comme ça. Dans son esprit, toucher, parler ou voir Emma lui aurait fait le même effet que de rentrer au pays. Surtout, il ne demandait pas à mourir. Car en toute logique, il était le prochain sur la liste. Sa nouvelle vie était désormais bien loin de sa planète centrale, et il s'en félicitait. Il n'avait même pas demandé comment, par quel stratagème nouveau, sa mère s'était suicidée. Il lui fallait oublier ce réveil, continuer le petit-déjeuner festif et nauséeux sans prendre garde aux larmes de Suzelle, à la gêne de Hans. Mais bien sûr, rien n'est possible lorsqu'on meurt.

La journée ne passait pas. Christophe s'était habillé par habitude, avait lorgné sur la pendule sans motif. Sortir lui ferait le plus grand bien. Prendre l'air seul, réfléchir ou s'éloigner des mauvaises pensées. Oui, il allait faire ça, la mort de sa mère n'allait tout de même pas l'accaparer. La solitude de sa sœur, non plus. Sa propre mort à venir, encore moins.

Il prit sa petite veste, celle qu'il portait en arrivant, et prévint Suzelle.

– Je vais faire un tour.

– Prends ton temps, dit-elle d'une voix douce.

Christophe n'était pas triste, il baignait seulement dans un profond malaise. Enfin peut-être que si, à bien y réfléchir. Il était triste. Triste de voir s'envoler les souvenirs qu'il pensait intacts. Triste d'être parti espérant qu'ils resteraient collés au portail. Triste d'être orphelin, de récolter sur son sentier intérieur tout ce qui incombe à ce statut. Il pensa, avalant sa salive comme un poison : *Maman est morte.* Il s'agissait de bien se le figurer, de le répéter plusieurs fois, en boucle, de s'acharner à rendre l'impossible tangible. Il s'agissait de casser le temps et d'imaginer la mort, une mort, d'habitude simple et presque douce, figée dans le corps de sa propre mère. Oui, Maman allait être ballottée entre les planches. Maman était morte.

Le quartier était ensoleillé, les oiseaux chantaient. De tout leur souffle, ils se donnaient la réplique mais Christophe ne pouvait pas les voir, comme s'ils se cachaient des regards, faufilés entre les immeubles, posés sur les toits d'ardoise. Il se dirigea vers le cimetière de Montmartre, un chemin en quasi-ligne droite. La rue des Abbesses était la rue commerçante rompue par la place du même nom. Les touristes léchaient leurs glaces, les enfants créaient leur petit chaos, mais tout ceci, toutes ces petites identités citadines étaient agencées de telle manière dans le paysage de la ville, qu'il y trouvait une certaine harmonie.

Il descendit la rue Lepic, lestant d'images joyeuses tout le poids qu'il avait sous les paupières. Arrivé au grand portail vert de l'avenue Rachel, il aperçut un corbillard qui en sortait. Le ton était donné. Il le laissa passer et pénétra dans le cimetière. Il découvrait la cour d'entrée comme s'il contemplait le monde pour la première fois. Le cimetière avait l'air infini et, de façon régulière, le soleil se cachait derrière les nuages. Des personnes mal vêtues surgissaient de tous les endroits. Une ambiance inusuelle pour Christophe qui, s'avançant dans les allées, parcourait des yeux chaque tombe dans l'espoir de tomber sur une vedette. Car c'était à Paris qu'elles étaient toutes enterrées. Face à lui, un couple se prenait en photo d'un air absent. Il les fixa quelques minutes avant de s'apercevoir qu'il connaissait l'une des deux personnes.

– Salut Christophe !

– Tiens, Agnès !

– C'est dingue, c'est vraiment un village, Paris !

Elle dit ça en relevant ses cheveux roux, les épaules rondes. Elle était belle.

– Bonjour, lança le jeune homme à côté d'Agnès.

– Christophe, je te présente mon copain. Ça fait quelques jours qu'on est ensemble, même pas.

– Ah oui ? dit Christophe, étonné.

– Tu veux une clope ?

– Euh… Oui, pourquoi pas.

– Je sais pas si on a le droit ici, mais bon… Ils vont pas se réveiller, les morts, hein !

– Qu'est-ce que vous faites ici ? demanda Christophe.

– On se balade. Et toi ?

Agnès avait dit ça d'un air détaché. En allumant sa cigarette, Christophe eut envie de tout lâcher.

– Ma mère est morte, dit-il en toussotant.

– Quoi ? Arrête, tu déconnes ?

Il ne déconnait pas.

– C'est horrible, mon pauvre, je suis désolée. L'enterrement a lieu ici ?

– Non.

– Elle vit où ?

– Nulle part.

– Et ton père, enfin ta famille, ils sont où ?

– Près de Lyon.

– Et tu vas aller les voir ?

– Pas trop, non, ils sont morts aussi.

Alors Christophe expliqua à ses interlocuteurs – désormais tous les deux très attentifs – la malédiction, les grands-parents, les parents, la fuite, et son tour prochain.

– C'est tellement fou. Pardon, hein, mais les gens te croient quand tu leur racontes ?

– Je l'ai raconté à personne, je connais personne.

– Toutes mes condoléances. Je sais pas quoi dire, c'est tellement fou.

– Ouais, c'est un truc de malade, dit le compagnon d'Agnès.

– De malade, en effet, répondit Christophe.

– Et tu vas faire quoi, en vrai ? demanda Agnès, en soufflant sa fumée de cigarette du côté opposé.

Son ton était devenu compassionnel, presque maternel.

– C'est là toute la question. Je vais rester ici, je crois. Je sais pas. Ma petite sœur est toute seule. Je pense qu'on a dû s'en charger, enfin des gens du village doivent s'en charger.

– Tu peux pas rentrer t'occuper d'elle ?

– C'est un peu compliqué. Tu sais où je peux jeter ma cigarette ?

D'un air entendu, Agnès lui montra la grille d'égout à leurs pieds.

– Bon, je vais y aller, lança Christophe en regardant son mégot tomber à travers la grille.

– Bon courage. On se tient au courant !

– Merci.

Ils n'allaient jamais se « tenir au courant », pas plus qu'ils ne se reverraient. Christophe s'en fit la promesse.

Il continua à déambuler dans le cimetière. À ses pieds, il aperçut un doryphore. Il s'accroupit, et l'observa se dandiner. Que pouvait-il faire dans cet endroit ? D'ordinaire, on ne les trouvait que dans les plants de pommes de terre. Il devait veiller ses morts, comme tout le monde dans ce cimetière. Tout le monde sauf Christophe, qui préférait veiller ceux des autres.

La fin de journée venue, dans son fauteuil, Suzelle lisait le journal de la veille. Elle avait cette tendance à toujours prendre du retard sur l'actualité. Mais c'était son petit plaisir, savoir ce qui s'était passé, même si c'était fini. Même si on n'en parlait déjà plus. À ses côtés, Christophe regardait un jeu télévisé. Sa famille aurait pu être en train de le regarder, elle aussi. Ils auraient été connectés. Au lieu de rameuter les souvenirs, Christophe s'amusait à répondre à chacune des questions posées par le présentateur. Comme un plaisir coupable. Au moment de geler la capitale de Madagascar dans son esprit, il fut interrompu par la voix de Suzelle :

– Hans, t'es où ? Tu peux préparer un petit apéritif ?

De loin, Hans répondit :

– Oui, j'arrive, je finis quelque chose et j'arrive ! Enfin il est tôt hein, il est à peine 18 heures.

Suzelle ne répondit rien. D'un œil torve, elle adressa une moue à Christophe, en disant :

– Il est bon qu'à faire la cuisine, et encore. Heureusement que je t'ai, toi.

Suzelle paraissait bien plus affable depuis la mort de sa mère. Elle ne lui avait pas refait le coup de savoir s'il mentait comme lors de la soirée au club de jazz.

L'ombre de Hans apparut sur les portes battantes de la cuisine. Elle donnait à Christophe l'impression d'un spectacle de marionnettes. En beaucoup moins intrigant.

Soudain, le téléphone sonna et aucun d'eux n'alla répondre. Il sonna une nouvelle fois. Hans finit par décrocher. Après quelques secondes d'échange, il étira son corps de tout son long depuis le couloir, jusqu'à laisser apparaître sa tête dans l'embrasure de la porte du salon. Et, dans cette position, comme un secret, la main sur le combiné, il dit :

– C'est Maître Quelque chose, un notaire. Ça a l'air de presser. Il a pas l'air commode commode.

Chez les Dugast, il y avait des testaments réglés comme du papier à musique, déposés chez le notaire, Maître Quelque chose, depuis de nombreuses années. La mère était celle pour qui le papier de fin importait davantage. Car c'est elle qui devait définir certains points clés de la succession. À ce stade, il se sentait encore comme un combattant sur un ring, prêt à rouer de coups quiconque s'opposerait à sa vie. Son adversaire était sa sœur. Il l'avait vaguement pressenti, il était le légataire universel, majeur, celui qui allait tout prendre, mais aussi tout donner. Il imaginait Emma, livrée à elle-même, mineure et sans fards. Que pouvait-elle faire à cet instant précis ? Les emmerdements s'assoient bien vite à la table des héritiers.

Dans un sentiment de panique à peine masqué, Christophe demanda à Hans :

– Et qu'est-ce qu'il veut ?

– Je ne sais pas. Mais tu peux peut-être le prendre, chuchota Hans en montrant le combiné du doigt.

Avec peine, Christophe se leva, pendant que Hans faisait patienter Maître Quelque chose. Il s'achemina dans le couloir et prit le combiné. La conversation fut brève mais déploya une capsule de temps long. Christophe faisait tout pour être concentré.

– Votre sœur, Emma Dugast, m'a prévenu, dit le notaire. Votre mère est décédée. Vous connaissez la procédure ?

On sait tous la procédure dans ces cas-là, se dit Christophe, *on est des Dugast*. Tout était orchestré de telle sorte que tout coulait sans esclandre.

– Il faudrait, monsieur Dugast, que vous veniez pour récupérer l'acte de notoriété muni de toutes les pièces que vous pouvez vous procurer. À commencer par le livret de famille. Il s'agit d'être le plus réactif possible, pour que les droits de chacun soient figés.

– Et si… dit Christophe.

– Demain, ça serait idéal.

Sa voix était inaudible ou alors le notaire faisait semblant de ne pas entendre.

– Aujourd'hui ça aurait été parfait même, que vous puissiez préparer l'enterrement aussi. Enfin bon, il est tard, mais vous serez accompagné, bien sûr. Dans toutes ces démarches.

– Je serai là demain.

Christophe avait dit ça en regardant Suzelle dans les yeux. Elle s'était avancée dans le couloir, postée contre le mur d'en face, une cigarette à la bouche. Ces derniers jours, il avait reçu de nombreux cadeaux : les saisons d'été, le silence, le doute las et le souffle des choses. Et il avait eu la chance de savoir que tout ceci allait s'arrêter.

Il raccrocha.

– Je rentre demain, répéta-t-il.

Le village. C'est là que tout allait pouvoir se dénouer. Mais c'était aussi là que tout allait devoir se passer. Car tout ce qui était à ses parents était désormais presque à lui. Comme un passeport d'héritier.

– Tu vas accepter la succession ? demanda Suzelle.

– Ben… Je…

– Tu sais ce que ça prend en compte ? Ça prend en compte les dettes, les dettes de ta mère et de ton père, s'ils en avaient, bien sûr. Penses-y, te fais pas empapaouter.

– T'es marrante, toi. Comment je peux savoir ça ?

– Tu veux un conseil ? Accepte sous bénéfice d'inventaire. C'est un drôle de terme, mais ça veut dire ce que ça veut dire.

Comme on serine une bonne parole pour la mémoriser, Christophe se mit à répéter. Bénéfice d'inventaire. Bénéfice d'inventaire.

– Il était commode, alors ? demanda Suzelle.

– Commode, non, mais pas méchant. Il avait surtout l'air un peu inquiet. Enfin je sentais qu'il était content de parler au « légataire ».

Et en disant ce mot, Christophe mima les guillemets avec ses doigts.

Successeur, légataire, autant de termes qui ne sont que ceux des officiers publics. Un cratère venait de se former dans le cerveau de Christophe Dugast, qui l'empêchait de réfléchir. Il était sous dose, clair et stoïque. Tout commençait déjà à s'écrire, alors que rien n'était prévu.

Chez Suzelle, le moment du départ avait sonné. Christophe prit son petit-déjeuner dans une danse fatiguée. Sa vie nouvelle lui battait déjà aux tempes. Il était fiévreux, il ne savait plus combien il pesait, tout était vent. La fièvre ennemie ne passait pas, et il allait devoir faire avec.

Le programme de la journée, lui, était simple, réglé comme une opération : prendre un train, le premier venu, faire le chemin du retour à pied, récolter les papiers importants à la maison, aller chez le notaire, et s'asseoir en silence. Pas le temps pour pleurer, pour revenir sur son sort, ou pour expérimenter. L'heure était à l'organisation, au traitement rapide de l'information, et à l'action. Christophe s'était fait à l'esprit grégaire de ce grand appartement, et le revoici seul, perdu et las de tout. Sans port d'attache, sans mère et sans échappatoire. Il se voyait déjà rentrer, la mort au ventre, embrasser sa sœur absolue, se faire péter la miaille autour de la maison mortuaire, lui dire que tout ira bien, qu'il est là, maintenant, et penser l'inverse. Emma, elle seule, le raccrochait à la vie des autres, car la sienne n'était déjà plus grand-chose. Comme une succession de cataclysmes qui l'amenait à en devenir un lui-même. Une boule de merde, chargée à bloc. Une boule qui roule, qui roule, qui ne parvient plus à s'arrêter de rouler, comme lorsqu'on mange un bon plat. Un plat de fromages. Voilà. Une boule de fromage luisante qui s'achemine doucement vers la déflagration.

Sur un carré de papier, il nota l'adresse de ses parents sans vraiment savoir pourquoi, juste au cas où. Il regarda par la fenêtre, du haut de son cinquième étage. Où être bien dans le monde ? Aucune vieille fable ne parviendrait à le faire tenir. Le pénible travail de vivre en pleine action. Sur le guéridon de l'entrée, il observa le bouquet qu'il avait acheté quelques jours auparavant, pour mettre un peu de joie. Les fleurs allaient sécher. Ne vaudrait-il pas mieux directement les remplacer par des fleurs artificielles ? Mais il n'avait plus le temps, le temps était compté, le temps n'était plus une offrande à accepter. Il n'avait plus qu'à mettre son corps de côté et à le transporter jusqu'au village, avec ses peurs et ses mauvaises pensées. Comme on descend les contreforts d'une montagne. Avec peur et courage.

– Bon. Je vais y aller, cria-t-il à Suzelle et Hans depuis l'entrée.

Personne ne répondit. Suzelle se contenta de le regarder fixement en ramassant ses courts cheveux en chignon au-dessus de sa tête. Puis en les relâchant, aussitôt. Christophe, lui, en attendait des choses. Il était abandonné pour de bon. En route vers la mort.

– Reviens quand tu veux, la porte est ouverte, finit par dire Suzelle.

Hans, de son côté, épiait Christophe et sa logeuse. Christophe ne savait pas comment se comporter avec lui.

– Bon, Hans. Ravi. Si tout se passe bien je reviens demain, de toute façon, dit-il en fixant Suzelle du coin de l'œil. C'est qu'une affaire de paperasse.

– Bonne route, répondit Hans dans une nette distance.

– Tu vas finir par prendre le train plus que nous deux réunis.

– Je me le souhaite, répondit Christophe en souriant. Pour revenir.

C'était peut-être le seul, mais il y croyait encore. Au 110 de la rue Dancourt.

À la gare, Christophe acheta un billet sans regarder le prix. Avec son petit salaire, tout lui paraissait possible. Il lui semblait mieux comprendre les administrations, les gestes d'adulte et les potentialités du monde. À présent, il adoptait la même démarche que les autres voyageurs : la déambulation bienheureuse d'une ombre en quête de voie.

Avec fluidité, il s'installa voiture 4, place 52. Rien ne bronchait. Le train démarra, et c'était comme s'il avait fait ça toute sa vie. Il regarda le paysage d'un air naturel, commun, alors qu'il ne se souvenait pas avoir pris le train dans ce sens, un jour. La campagne défilait, et le temps était beau. Il y avait le soleil, le ciel bleu, le jour qui remplissait les champs. Chacun brandit son billet lorsque le contrôleur passa dans les allées. Il était en règle, bonne journée à vous aussi. Sans véritable raison, à cet instant-là, il se sentait serein, comme porté par le vent. Ce vent, cette plénitude, après laquelle tout le monde courait sans jamais parvenir à l'atteindre. Il s'en étonna, puis décida de se laisser porter par le bruit des rails, la fièvre au bout du front.

Informer la banque, résilier le gaz, l'électricité, vendre la maison, s'informer des délais, les assurances, comprendre les frais d'obsèques, tout se bousculait. Comme une caresse distraite, il y avait ces choses dont on ne parlait pas à un enfant. Que l'on y soit préparé ou non. Christophe était parti bien avant qu'on ait le temps de lui en parler.

Il regrettait la majorité, l'âge adulte où tout se complique. Mais là c'était autre chose ; une mère morte, ça n'est pas une complication. C'est un déchirement, un trou impansable. Une pellicule poisseuse sur le visage. Il devait avoir le contrôle sur tout cela.

Il avait pris les deux mêmes trains qu'il avait empruntés à l'aller, jusqu'à la grande ville du pays. Deux mille cinq cents habitants, l'âme d'un quartier qui ne disait plus son nom. Il ne savait toujours pas combien de villages Paris pouvait engloutir. En sortant de la gare, chaque boutique était à sa place, chaque dalle du parvis ressemblait à ce qu'elle était, même la météo était inerte. Une pointe de nostalgie vint napper sa route. D'un geste pauvre, il massa le contour de ses tempes avec la chair de ses doigts. Cette fois-ci, il était attendu, mais personne ne pouvait venir le chercher en voiture. Alors il reprit le sentier, celui qui l'avait vu grandir, et à perte de vue, les mêmes vignes, les mêmes collines. Les siennes, toujours, qu'il connaissait mieux que n'importe qui. Wanda était-elle encore en vie ? À cette pensée, les larmes montèrent. L'heure de marche était celle de la déconstruction, chaque pas résonnait comme une avancée vers tout ce qu'il avait redouté. Il devinait Emma impatiente, assise sur le rebord de son lit, en attendant l'arrivée de son frère chéri, libérateur de ses tensions mortuaires. Propulsée, le temps de deux journées, en mère de famille, en gardienne de foyer, seule et livrée à elle-même. Christophe aurait dû s'en vouloir, mais il était trop préoccupé par le dégoût d'avoir raté sa vie. D'avoir raté sa famille. Sur ce sentier, il y avait autant de cailloux que de problèmes auxquels il avait réussi à échapper. Y revenir était une forme de désaveu.

Au loin, il aperçut le portail en fer forgé. Arrivé à sa hauteur, il l'ouvrit et jeta un coup d'œil aux alentours. Les maisons étaient vides, le hameau était vide, tout le monde était mort. En approchant de la maison, les graviers de la cour crissaient sous ses vieilles baskets blanches ; il n'avait même pas eu le temps de s'acheter ses Paraboot.

Emma apparut devant la porte d'entrée. Comme tout le monde, elle avait l'oreille aiguisée et devait l'avoir entendu arriver. Elle se dirigea vers lui dans une forme de marche rapide, trop heureuse de voir son frère. Christophe lâcha son sac. La famille au grand complet. Ils se regardèrent droit dans les yeux. Des chiens de faïence. Dans le jardin, il avait eu le temps d'apercevoir que le petit citronnier avait poussé. Il avait cette envie de décrocher son regard vers autre chose, observer ce qui n'avait pas changé. Mais Emma le tenait emprisonné, pupille contre pupille, face contre esprit, rancœur contre tristesse. On ne s'embrassait pas, on était des Dugast, mais cette fois-ci, on fit exception. Ils s'enroulèrent l'un dans l'autre comme une pâte à pain, les larmes se mirent à couler, silencieuses, et Christophe décela un sentiment qu'il crut nouveau en lui et qui ne l'effraya pas : l'amour familial.

Il était touché mais ne savait pas quoi en faire. Il est des situations où l'on désire déclarer son amour, dire qu'on ne voudrait plus jamais être séparés. Ici, chaque pensée disait non, et chaque geste trahissait : oui. Mais il ne pouvait pas, sa vie n'était plus ici. Il n'en voulait plus.

Après s'être repris, frère et sœur franchirent le seuil de la porte et entrèrent dans la cuisine. Christophe, comme les beaux, les ennuyeux matins d'avant, alluma la cafetière, le regard vitrifié.

– Merci d'être revenu, dit doucement Emma.

– Pas de quoi, répondit Christophe, distant.

S'il était ici, c'était pour récupérer tous les papiers qu'il pouvait avant d'aller chez le notaire. Les siens, ceux de sa sœur, et obtenir l'acte de notoriété. Figer les droits. En finir avec tout ça. Et puis s'enfuir, repartir vite. Il avait pris la décision, dans les graviers, de prendre Emma avec lui. Sa petite sœur merdique, avec lui, à Paris. Que pouvait-il faire d'autre ? C'était peut-être une tentative de commencer quelque chose, enfin.

Alors qu'il lui expliquait qu'ils repartiraient ensemble, il ajouta :

– Je vais vendre la maison, aussi. Je vais demander à Suzelle de nous héberger. Tous les deux.

– Et si elle veut pas ?

– Je sais pas.

– Mais tu vas vraiment vendre la maison ? T'es pas fou ! Qu'est-ce qu'ils diraient les parents ?

– Ils diraient sûrement « T'es pas fou ? ». Mais ils sont plus là. C'est moi qui gère et on va partir d'ici.

– Tu délires !

– Non, je délire pas... Faut bien faire des choix. Et puis, t'es à ma charge maintenant, je te rappelle !

Il était responsable, en bon tuteur qu'il était devenu, foutaise de famille. Elle ne le lâcherait donc jamais. Il était énervé, rempli jusqu'à la cime de mauvaises pensées, de chagrin et d'envie de tout plaquer. L'incompréhension rémanente de cette famille commençait à dépasser l'entendement. La simple existence de sa sœur allait le faire craquer. Une bête en lui s'était éveillée. Il voulait, l'espace de quelques minutes, s'allonger dans sa chambre et pleurer comme un gros bébé.

Pour se calmer, Christophe fit un tour dans la maison, huma les ambiances des pièces, se remémorant les événements qui en avaient fait les essences. Il parcourut du doigt les murs, observa les meubles qui n'étaient plus des meubles mais des symboles. À une fenêtre, la cime des arbres rongeait l'horizon, le vent laissait planer un espace entre le bruit des feuilles. Et, du plus loin jusqu'au plus près, l'odeur de terre mouillée de la veille.

Il erra ainsi de longues minutes avant de gagner le prunier, dans le jardin, pendant que sa sœur demeurait, passive, sur le canapé du salon, face contre mur. Il distingua les branches sur lesquelles il s'accrochait, enfant. Aujourd'hui, elles auraient cédé. L'escabeau était encore posté devant le tronc, les quatre pieds foulant les herbes folles du jardin. Le parfum de la mémoire flottait dans l'air. Il monta dessus et cueillit une prune, la main vers le ciel.

Il avait pris la plus sombre, rouge, violacée, presque noire, bien charnue, de la couleur de ses lèvres. Les reflets qui la parcouraient donnaient l'illusion qu'elle était en toc, et lorsqu'il croqua dans la chair, il ferma les yeux. Il ne pouvait plus les ouvrir, juché sur son escabeau, une demi-prune en bouche. Tout lui revenait en pleine face, quelques années insouciantes auparavant. Au moment de croquer une nouvelle fois, ses dents raclèrent contre le noyau et il tira d'un coup sec pour séparer le fruit, le goût de sang sucré. Il mâchait sans y parvenir vraiment, plus de force, la tête dans les feuilles, et le ciel toujours perlé. À cet instant, il aurait aimé se retirer sans douleur, comme on passe.

Il resta un long moment dans cette position, capable de rien, avant de retrouver le courage de descendre de l'escabeau. Cette prune avait été la meilleure, celle qui aurait pu lui faire comprendre qu'on puisse refuser de voir un film une deuxième fois pour ne pas être déçu. Mais déçu de quoi ? Du sentiment de découverte, de plaisir. De vie, quoi.

L'inventaire, les démarches, les déclarations : il fallait tout faire vite et bien, et le ciel était vide. Le téléphone résonna dans la maison. Le notaire appelait-il pour annuler le rendez-vous ? Christophe sauta sur le combiné. Ce n'était pas le notaire, c'était Ida. La fameuse sauterie, la garden-party. Elle s'étonna d'entendre Christophe au bout du fil mais sembla rassurée. D'aucuns, au village, commençaient à se demander s'il était encore en vie.

– Ta sœur est entre de bonnes mains, Colette est passée hier lui apporter de quoi manger, des petites gâteries. Mais je m'inquiétais de la savoir seule. Elle peut se gérer mais bon, c'est pas une adulte non plus.

– Je suis arrivé aujourd'hui, je m'occupe de tout, répondit Christophe.

Pendant qu'il parlait, il posa le pôle de son doigt sur une photo de famille, la gorge nouée.

– Alors ça va, prenez soin de vous. Et n'hésitez pas si vous avez un problème. Courage.

Il n'y a pas de problème, Ida. La vie allait juste dans un sens que Christophe ne maîtrisait pas. Même les gens qu'ils connaissaient les laissaient entre eux, pensant sûrement que c'était la meilleure chose à faire. Entre morts vivants. La fougue parisienne déjà bien loin, Christophe était désormais seul et responsable, malade et à demi enterré, dans la maison familiale. D'un geste sec, il raccrocha et se dirigea vers sa chambre.

Désormais, Christophe aurait pu profiter de la situation, se dire que tout le monde était à sa botte, et qu'il pouvait gérer l'univers Dugast comme il l'entendait. Il avait songé à devenir un vieillard magnifique, le cheveu brillant et la coupe dégarnie juste ce qu'il faut. Écumant Paris l'air de rien, l'air du quartier, sentant le jour comme il sentait celui-ci. À pleins poumons. Sous le silence du soleil, les doigts ondulants, il aurait pu danser sur cet instant douloureux et repartir d'un pied neuf. Mais les Dugast étaient destinés à la sueur et aux chagrins abandonnés. Il ne restait plus rien. Rien qu'à laisser les bons moments traverser sans lui. Boursouflé par le vide. C'était fini, le décor de la famille n'existait déjà plus. L'espace entre eux, les tombes creusées une à une, et le sentiment d'être impuissant à moins de se tuer soi-même. La honte.

Dans sa chambre, un valet trônait à côté de l'armoire. Un chapeau de cow-boy y était accroché, souvenir de carnaval pas malheureux. Christophe s'en saisit et le posa sur sa tête. Il contempla ce déguisement malin dans le miroir, le sourire aux lèvres. Les souvenirs d'enfance étaient les seules choses qui semblaient lui tirer quelques rictus. Qui le mettaient, invariablement, de bonne humeur. Quelques minutes, il fixa son reflet, ses yeux vides, pochés, pesants. Un gros raté, dont la vie ne valait pas grand-chose, et que l'on ne vienne pas lui dire le contraire. Certaines existences valent moins le coup, d'autres sont promises à la réussite, aux liens, à la saveur sucrée des événements heureux. La sienne ne pouvait se baser que sur le drame et le cataclysme. Sur le poids de la famille. Et il n'y avait rien à faire. Son miroir le contemplait encore, et les paupières chassaient les larmes bloquées dans les yeux. Elles roulaient à pleine vitesse, salées, sur les joues creuses, jusqu'à la bouche, le goût particulier, on pleure pour les boire, on les aime, les larmes. Les blocs de réel. Il se regardait encore, mais ne voyait plus grand-chose.

Il allait être l'heure d'aller chez le notaire, le temps avait passé, et ils étaient en retard. Près du miroir, Christophe se ressaisit, appela sa sœur, et accrocha à son doigt les clés de la voiture familiale. Garée dans la cour, elle n'attendait que lui pour avancer.

– Mais t'as pas le permis ! hurla Emma quand elle vit son frère ouvrir la portière du véhicule.

– J'ai l'âge de l'avoir ! Et j'ai conduit les tracteurs de Papa.

– Ça n'a rien à voir ! s'énerva-t-elle.

– Si, c'est tout pareil. Allez, monte !

Le cabinet du notaire n'était pas si loin. Emma, à bout de nerfs, monta. Elle avait claqué la porte d'entrée sans la verrouiller, certains réflexes ne s'adoptent jamais.

– T'as pas fermé la porte à clé, Emma. Va la fermer, dépêche !

Emma restait immobile sur le fauteuil passager, les bras croisés.

– Non, vas-y toi.

– Emma, on n'a pas le temps de jouer là.

– Je joue pas. T'as qu'à le faire toi-même puisque t'es si malin.

– Emma…

– Bien fait, t'y vas, c'est ta punition.

– Ma punition ?

– T'avais qu'à pas nous abandonner.

– Hein ?

– T'avais qu'à pas m'abandonner, moi.

– Tu te fous de moi ou quoi ?

– Pourquoi t'es parti à Paris ?

– Pour me protéger de la… Pour m'émanciper, pour essayer de… enfin de partir, quoi. J'ai le droit, je suis majeur à ce que je sache.

– On part pas quand on est une famille, on part pas. On reste ensemble.

– Mais quelle famille ? Tu vois pas que tout le monde meurt ici ?

– T'es le plus grand, t'aurais pas dû me laisser toute seule.

– Mais j'ai fait comme j'ai pu, Emma.

– Et maintenant tu veux m'emmener à Paris, t'es vraiment pas responsable. T'as même pas de travail, t'as rien alors que t'es l'adulte.

– Mais je suis pas l'adulte !

Christophe était hors de lui.

– Maintenant, si. Un adulte raté, mais un adulte quand même.

– Je vais te dire une bonne chose, ma vieille : si t'es pas contente d'aller à Paris et d'essayer de t'enfuir d'ici, c'est toi qui vois. Moi, j'y retournerai, avec ou sans toi ! Je compte bien essayer de vivre encore un peu, si ça te dérange pas.

– De toute façon, ce sera bientôt ton tour.

– Quoi ? Répète ça ?

– C'est toi, le prochain sur la liste, et tu le sais très bien !

– Mais t'es conne ou tu fais exprès ? C'est justement pour ça que je veux partir d'ici ! À ton avis, c'est qui, c'est la famille ou c'est le lieu qui a créé cette putain de malédiction ?

– Moi je veux rester là, dit-elle au bord des larmes. C'est ma maison.

– À ton âge, ta maison, c'est celle qu'on te choisit. Et en l'occurrence, jusqu'à preuve du contraire, c'est moi qui choisis !

– Gros con.

– Comment ?

– Gros con.

– Tu veux une tarte ?

– Ça sert à rien de lutter, tu vas te suicider et tu vas me laisser moisir toute seule. Qu'est-ce que tu t'entiches avec cette idée de merde ?

– Tu commences vraiment à m'énerver, Emma. Vraiment, je te le dis. Tu vas fermer cette putain de porte, tu reviens dans la voiture, et on verra ça avec le notaire !

– Ah mais oui ! Tu veux de l'argent en fait ?

– Mais arrête ! Arrête, putain ! T'es égoïste en plus d'être méchante.

– Je suis pas méchante, j'ai raison. Tu vas mourir et je vais être seule.

Brusquement, Emma sortit du véhicule et alla fermer la porte d'entrée. De la même manière, en revenant, elle ferma les loquets de la voiture.

– Ferme pas ! hurla Christophe comme on arrache un membre.

– Oh, détends-toi, hein, Monsieur l'adulte ! hurla-t-elle à son tour en déverrouillant les loquets.

Christophe s'agrippa fermement au volant, comme s'il craignait qu'il s'évapore. Avec une certaine maladresse, il démarra. Il était pourtant sûr de lui. L'itinéraire était simple : tout droit, le rond-point, tout droit encore, et le panneau, sur la droite, bordant la nationale, en face de la solderie. Une dizaine de minutes en prenant son temps. Il jeta un coup d'œil au rétroviseur duquel pendait un petit sapin odorant, qui n'avait plus d'odeur depuis bien longtemps. La couleur jaune était rossée par le soleil. À présent, il n'était qu'un vulgaire bout de carton blanchi. Sans lui, des reflux de tabac surprenants se faisaient sentir de plus belle. Christophe rentra en lui comme un insecte, les épaules voûtées, le front en avant. Emma ouvrit la vitre côté passager et posa son bras sur le rebord. Le froid ambiant de l'habitacle ne sembla pas toucher le fils Dugast, qui restait concentré. À ses côtés, sa sœur s'était apaisée, fraîche, loin de la dispute, prête à en découdre avec l'administration. Christophe savait qu'il ne prendrait jamais son rôle d'adulte au sérieux. Un adulte oblige les enfants à mettre leur ceinture. Il était en rage et las d'être là. Une fois chez le notaire, il faudrait décortiquer les bons mots du bonhomme, comprendre comment réagir, quelle stratégie immobilière adopter, tout un tas de démarches qui ne pourraient passer que par lui. Toutes les batailles étaient traversées par la langue. Christophe n'en voulait pas, il voulait juste être quelqu'un, un monument de vie, devenir un monde. Les papiers ne l'intéressaient pas. Il ne voulait vivre que de rêves manqués. Devant lui, la route à perte de vue, sous le soleil d'automne. Le bitume rayonnant sous les roues. La route longue, droite, morne, et le silence à l'intérieur.

En prétextant que dix minutes, c'est toujours dix minutes de prises, Christophe alluma la radio sur laquelle était enregistrée la station familiale. Celle du samedi après-midi, celle des courses dans la grande ville. Une chanson italienne, « La Solitudine ». Il marmonna puis chanta à pleine voix des paroles approximatives. Emma sourit et commença, elle aussi, à chantonner. On ne peut rien contre l'ambiance. *Non eposibile dididede la bitadidodouille.* L'atmosphère devint instantanément plus libre, joyeuse. Familiale. Mais Christophe gardait la dispute et tout le reste en travers de la gorge. Et si Emma avait raison ? Et si, où qu'il aille, quoi qu'il fasse, il était promis au suicide ? Faut-il vraiment s'éloigner d'ici pour exister ? Il brassait ses questions comme une mauvaise digestion. Plus envie d'y penser. Envie d'en être débarrassé. Le rond-point venait d'être dépassé, et maintenant, la ligne, la dernière ligne droite avant le panneau. Avant le notaire. La route était calme, comme elle l'était d'habitude, une vraie route de campagne, sans animation, sans croiser âme qui vive. Christophe était désormais confiant, gazouillant, la force tranquille. La voiture roulait à grande vitesse, le bitume luisant défilait, les arbres n'étaient plus que des archipels de vert et de folie campagnarde. Oui, sa sœur et lui avaient fière allure. Mais au moment de passer la cinquième, par un truchement divin, il tourna le volant, ouvrit sa portière comme on ouvre la porte du paradis, et sauta. Lancé à pleine vitesse, le véhicule fit un tonneau, avant de percuter le tronc d'un platane.

Christophe avait atterri sur le bord de la route. À peine égratigné, comme le signe d'une élection. Avait-il brisé la malédiction ? Il avait déjà brisé tout le reste. Fébrile, il s'approcha de la voiture retournée. Qu'aurait-il pu espérer de ce moment ? Emma était agrippée au siège, sa tête penchait comme une fleur de tournesol et sa nuque raclait le bitume. Une pelote d'horreur, de remords et de soulagement entremêlés se forma au fond de sa gorge.

Ce jour-là, les nuages pesaient lourd dans le ciel. Des bourrasques lourdes, des lanières de souvenirs, traçaient des ronds autour de lui. Et cet insupportable parfum des belles journées de fin d'automne. Et cet insupportable poids de vouloir exister. Par souci d'élégance, Christophe s'éloigna de quelques mètres.

Face à l'immensité du spectacle, il prit conscience de ce qu'il venait de faire. Arriveraient les espoirs, avec l'oubli. Avec le deuil, les souvenirs. Il avait fait un choix. Il se mit à pleurer, en se caressant la joue. Qu'allait-il faire à présent ? À cet instant, le Seigneur avait-il eu sommeil ? Avait-il seulement existé ? Oui, une belle journée de fin d'automne. Le ciel bleu avait gardé ses couleurs et la vie semblait en reprendre. Jamais, il ne saurait s'il était un monstre maudit. Jamais, et aucune larme, aucune vie heureuse, aucune nouvelle malédiction ne pourrait garnir le creux qu'il venait de raviner en lui.

Il allait devoir continuer à pied, seul. Il avait rendez-vous.

Ce roman comprend des extraits des chansons suivantes :

Étoile des neiges, de Line Renaud,
Petite Marie, de Francis Cabrel,
Derniers baisers, de Laurent Voulzy,
Mon amant de Saint-Jean, de Lucienne Delyle,
La Solitudine, de Laura Pausini.

Remerciements

Il m'est impossible de clore ce roman sans remercier Jeanne Pois-Fournier, pour son regard affûté, bienveillant, et si encourageant pour un « primo-romancier ».

Avec chaleur, merci à Marie Leroy, pour le souffle amical de son accueil.

Un merci infini à Maxime, pour son soutien sans faille, sa simple présence, et son enthousiasme plus grand que le mien.

Enfin, une éperdue reconnaissance à ma famille, sans qui, en toute logique, cette histoire n'aurait jamais pu exister.

RÉALISATION : NORD COMPO À VILLENEUVE-D'ASCQ
IMPRESSION :
DÉPÔT LÉGAL : XXXX 2021. N° 000000 ( )
IMPRIMÉ EN FRANCE